杉杉关键词

SHANSHAN KEYWORDS

91个关键时刻的91个故事

周时奋 曹 阳 著

华东师范大学出版社

参与本书撰稿、编辑出版工作的主要人员

（按姓氏拼音为序）

曹　阳　　　　　钱　程

汪建明　　　　　王仁定

杨大勇　　　　　殷　鹏

周时奋　　　　　朱佳元

与民企同在

（代序）

（签名）

　　文汇报社和部分知名民营企业合作，发起＂新沪商联谊会＂，以联谊会的形式为民营企业服务，促进上海民营经济发展，这是一件好事。特别是这个联谊会成立在上海，就更有重要意义。我对新沪商联谊会的成立表示祝贺，并向首任会长郑永刚先生表示祝贺。

　　民营经济的巨大作用和影响，现在已经得到社会公认了。不说它的企业贡献，光是许多民企在没有国家任何投资的前提下，为社会创造那么多的价值，为国家提供那么巨大的税收，就应当令人肃然起敬。我们又有什么理由不多想些办法，鼓励支持民营企业合法经营、顺利发展呢？

　　我之所以特别看重上海民营经济，一方面由于上海是我的第二故乡——我从小生活在上海，从幼稚园、小学到初中都在上海，南洋模范中学是我的母校。上海在我心中一直有很深刻的印象；更主要的是由于上海是我国的经济中心，而且上海的民企相比起国企和外企，有更大的发展空间，其作用也有待进一步发挥。

　　国务院公布了支持非公经济发展的＂36条＂之后，又出台了一系列的政策文件，如颁布了《关于投资体制改革的决定》，对《公司法》、《破产法》进行讨论和修改，拟定了《反垄断法》、《国资法》等等，它们将与"36条"作为一个整体，形成建国以来最有利于民营经济发展的政策环境和制度保障体系。

对于上海民营经济发展，我只提两点希望。其一，政府部门对民营经济要更宽容些，事实上，我们的一些政府机构的官员，并不比企业家更懂市场、更会应付各种挑战。国家之所以要把对非公经济的政策从"引导、监督和管理"，变为"鼓励、支持和引导"，道理已讲得非常明白。

其二，我希望科学地引导舆论。前一阵，我看电视剧，凡是反贪题材，千篇一律是民企搞贿赂。我不否认有这些情况存在，但对这样的问题应当客观分析，为什么会发生此类情况，并由此吸取教训。再说，这些情况并不代表主流。如果缺乏舆论引导，都会给民营经济造成很大的心理压力。我希望舆论，包括我所喜爱的《文汇报》在内，要多宣扬他们在艰难环境下，筚路蓝缕、奋斗成功，然后又乐于为社会作奉献的精神，动员更多人关心、爱护、支持民营企业。我想，我们的心都是和民企连在一起的，我们都乐于通过新沪商联谊会，为上海民营经济的发展做点什么。

2008 年 4 月 3 日

（本文是厉以宁先生在新沪商联谊会成立大会上的发言，经其授权，代作本书序。）

CONTENTS

领军之旗

Pinky&Dianne

转型之路

CONTENTS

企业之魂

CONTENTS

写作：是悲壮的抵抗

领军之旗

很多年以后，甬港服装厂的老工人还会想起那一天：一个壮实的年轻人从他们面前疾步走过，年轻人面如重枣，默不作声，踏步如风。

关于"杉杉"品牌的起源，坊间一直有多种说法。
流传最广的莫过于——郑永刚指着门前的三棵杉树说
"就叫杉杉吧！"

前品牌时代

品牌时代

多品牌时代

多品牌、国际化时代

甬港服装总厂

1

关键词：甬港、作坊小厂、引进生产流水线、内部持股会

　　在当年的宁波，以"甬港"冠名的企业很多。"甬"是宁波的简称，因为市内有一条东入大海的甬江；"港"指香港，改革开放以后，香港是市场经济最近的课堂，是经济发达最近的橱窗，很多宁波人在那里成了大企业家。邓小平号召全世界宁波帮来帮宁波时，首先是香港的宁波人纷纷回家乡，甬和港自然紧密联系。冠名"甬港"的企业除想沾点香港的光外，也许还隐藏着成为大企业的期盼和宏愿。

　　鄞县纺织服装厂，这个作坊式的小服装厂创建于1980年，位于宁波的七塔寺旁。1985年迁址宁波中兴路783号以后，就改名为甬港服装总厂了。那是鄞县（现已改名为"鄞州区"，属宁波直辖区）经济委员会投资的，是县府所属的大集体企业，后归入鄞县工业局的管辖体系中，占地17亩（11333M²），在那个年代，已属中等以上规模。后又成为国家纺织部定点的服装企业，由中国服装工业总公司、浙江省轻纺公司、鄞县工业局三方合资引进德国杜克普西服生产流水线，这是当时国内仅有的两条流水线中的一条。手工作坊的生产方式被现代的西服生产流水线所代替，工厂的产品也由男式西服、中山装、男式大衣等诸多品种转型为专业生产男式西服，其他品类交由别的服装厂，并作为联营分厂存在，故称为宁波甬港服装总厂。甬港服装总厂易地扩建颇具规模，引进与国际接近的西服生产流水线，又有众多联营分厂配合支撑，日渐具备创建中国名牌的王者之象。1994年由于一系列产权机制的改革，宁波甬港服装总厂改为宁波甬港服装基金协会，作为内部职工的持股会。宁波甬港服装总厂的企业名称在工商部门注销，其资产成为后来杉杉集团的主要组成部分。

1989

关键词: 转折之年、资不抵债、郑永刚、走向市场

　　1989年的一场政治风波,使中国的改革开放进入了低谷,经济形势也随之滑坡。邓小平总设计师提出了"稳定压倒一切"的治国方针,改革开放由原来急躁冒进甚至全盘否定式的激进,转为稳健持续的、以经济建设为中心的渐进;与此同时,经济总量则在悄无声息中高速增长,不断超越一个又一个发达国家,2006年已位居世界第四。世人记忆中的1989,也许是因为那场风波,其实更应记住的是: 1989是当代中国命运的转折之年。

　　1989年,对于宁波甬港服装总厂来说,也是动荡中的转折之年。

　　1985年异地扩建的甬港服装总厂,尽管引进了德国杜克普西服生产流水线,但由于没有自己的品牌、没有新的生产工艺、没有市场经济意识、没有能凝聚人心集合各方力量的领导班子……那些新厂房、新设备,除了增加财务成本、增加负担外,没有带来新的生机。生产的西服滞销,库存量大增,企业现金流枯竭,甚至给员工们的工资只能以库存西服相抵。员工们带着那些西服四处推销,甚至挂满路边,一时成为宁波街头独特的景象。当时唯一带来现金流的是外贸订单——替香港光年公司来料加工"苹果"牌西服,但是可怜的加工费还是救不了奄奄一息的甬港服装总厂。硬件了得的工厂为什么经营亏损呢? 主管部门把

目光投向经营者——厂长一年一个的撤换。新任的厂长们，虽说各怀一技之长，但终究未能跳出旧套路，未能凝聚人心形成核心竞争力，也就不能扭转乾坤。至1989年4月底，甬港服装总厂巨额亏损，资不抵债，实际已经破产。

1988年下半年开始，主管部门与港方洽谈出售甬港服装总厂。由于价格和员工安置等不能达成一致，暂时搁置出售行动计划。当时主管的鄞县工业局作出死马当做活马医的最后决定，调鄞县棉纺织厂厂长郑永刚担任甬港服装厂厂长。1989年5月23日，刚过而立之年的郑永刚走马上任。郑厂长虽然不懂西服怎么生产，但他懂市场，明白服装产品不能打计划经济的擦边球，唯有按市场经济的规律运作，无论内部管理，还是外部经营，一切都得按市场经济的模式展开。

1989年，郑永刚改变了企业的经营理念和战略，由此改变了甬港服装总厂的命运，宁波甬港服装总厂从此踏上一条辉煌之路。

5.23

关键词：时代、英雄、偶然与必然

很多年以后，甬港服装厂的老工人还会想起那一天：一个壮实的年轻人从他们面前疾步走过，年轻人面如重枣，默不作声，踏步如风。

很多年以后，当"杉杉"成为一个传奇，宁波人相信，郑永刚是为甬港服装厂而生的。因为，宁波话发音中，"郑永刚"与"镇（振）甬港"一样，他天生是来"镇"和"振"的。

那一天，男人们在打牌，女人们在打毛衣，没啥活干的他们像往常一样，以此度日。厂子亏损1000多万元了，资不抵债，濒临破产，这些他们都不知道。他们只知道，已经几个月没发过工资了。当这位年轻人走过时，打牌的吆喝声更大了，几年中他们已经迎来送往了五任厂长，谁知道来的人又能干几天。

没有人会想到，他们的厂会有一个新的名字叫杉杉。他们更是做梦也想不到，七年后他们会成为百万富翁。

1989年5月23日是郑永刚来到甬港服装厂的第一天。他的前一站是鄞县棉纺织厂，他在那儿干了三年厂长。

前一天，棉纺织厂工人们为他送行。那些1956年进厂的老工人们老泪纵横，对他们来说，郑永刚做厂长的这三年，风调雨顺，是最兴旺的三年。这三年，他们衣食无忧，他们不想让小郑走啊！

郑永刚，1958年出生于浙江宁波，18岁参军，最大的理想是成为一名将军。从部队复员后，郑永刚先后在外贸公司和棉纺织厂工作，那些舞台对于有大志向的郑永刚来说都小了一些，他向往能做大事。

1989年的郑永刚已是小有名气的能人、扭亏能手，刚刚获得县政府颁发的"企业经营能人"奖。而当时的纺工系统，还有一只瘦死

3

的骆驼横躺在那里，郑永刚知道，组织上迟早会让他过去。

有一次他和妻子开着车路过甬港服装厂，郑永刚指着偌大的厂区，对妻子说："阿青，这个厂现在很麻烦，将来我可能在这儿当厂长。"

"哪有这事，谁都没跟你说过，别做梦了吧！"阿青笑道。

"你看着吧，早晚的事。"郑永刚知道，工业局有 36 个企业，这个企业是最困难的，所有的措施、手段都用尽了，也没有把这个企业救活。因为体制特殊，纺织部、浙江省纺织工业厅、地方都有股份。计划经济时代，省里领导知道"甬港"做不好，对当地政府来说是件丢人的事。这个严重亏损的"甬港"成了地方领导的一块心病，而刚刚崭露头角的小郑适时地闯进了他们的视野。

半年后的一天清晨，郑永刚的电话响了，一接，是工业局局长。

郑永刚立刻意识到是关于"甬港"的，问："是不是局里准备把我调到甬港服装厂？"

局长笑道."你来了就知道，这个事很重要，赶紧到局里来一下吧."

放下电话，郑永刚对阿青说："差不多了，要调我去甬港了，给我准备行李吧。"

阿青问："局里跟你说了吗？"

郑永刚毫不含糊地说道："没说，但我有预感，我觉得肯定是我去。"

"你是'救火队队长'，是军人，是党员，只要有困难的地方，你必须上！"局长语重心长地对郑永刚说。

1989 年 5 月 23 日，郑永刚 31 岁，出任宁波甬港服装厂厂长。

4

三棵杉树

关键词：品牌、雄心、灵感

　　关于"杉杉"品牌的起源，坊间一直有多种说法。流传最广的莫过于——郑永刚指着门前的三棵杉树说："就叫杉杉吧！"

　　历史常常充满偶然。大到一个国家，小到一个企业，一个偶然的决定，往往是改变很多人命运的开始。今天，杉杉早已是"中国名牌"、"中国驰名商标"，经国际权威机构评估，杉杉品牌价值达到48亿元。那几棵杉树还在静静地生长，挺拔如当年，向天空、向大地传递"杉杉——生命之树常青"的誓言。

　　郑永刚1989年5月23日来到甬港服装总厂报到以后，迅速南下，希望在市场中发现重振企业的生机。从深圳到广州的火车上，一个年轻人吸引了郑永刚的注意。这个年轻人自信潇洒，意气风发，他身上穿着的西服是那种进口的旧西服。郑永刚知道，走私那旧西服是国家禁止的，而他为什么敢穿、爱穿呢？而且穿起来确实好看。

　　一个念头在郑永刚心中产生并逐渐强化——西装在年轻人当中一定有市场，这就是时尚。经过深入分析，郑永刚认为，如今的消费者对西装已产生了强烈的追求意识，毕竟在改革开放以后，大量的外国人来到中国，这其中也

包括很多留学生；而国内的企业界、政府部门也有出国考察、洽谈业务的。渐渐的，在郑永刚心中，西装作为下一拨穿着消费热点的概念形成了。

当时国产的西装大多用料为马尾衬、黑炭衬、黄衬，工艺制作层层叠叠，穿起来如同盔甲，十分不舒服，更不要说时尚感、时代感。郑永刚敏感地意识到，西装式样要时新，工艺要改进，质量要提高。当时甬港厂的西装生产设备和工艺都是国内领先的，长期做外贸加工也积累了丰富的经验，这一点让郑永刚非常自信：甬港能做最好的西装。

确定了方向，郑永刚知道还缺少一样重要的东西——品牌。多少年以后，郑永刚回忆说："我不懂做衣服，又不懂生产，管理又不是我的强项，那我总要让你们服服帖帖地听我的，我得有一个自身的价值。所以我就去琢磨服装以外的东西，这就是我的个性。品牌要比衣服更值钱，因为，通过衣服这个载体要表达什么？不就是要表达你的着装精神嘛！提得高一些就是品牌精神，所以，我就开始提出品牌战略。"

说来也巧，正当郑永刚思索品牌战略时，工厂大院里的三棵杉树跃入他的眼帘。这三棵杉树挺拔潇洒，苍翠欲滴，就像在火车上遇到的小伙子，更像这个生机勃勃的时代。男士西装追求的不就是挺拔之姿吗？"杉杉"叫起来又特别爽口。"就叫杉杉吧！"郑永刚一锤定音。

一个华丽的时代就这样开始了，这不仅是沉睡多年的甬港服装厂的一次改革，也是中国服装产业的一次革命。

郑永刚在厂里拉出横幅——"创中国西服第一品牌"。没有人知道这个疯狂的年轻人要干什么，没有人知道"品牌"的真实内涵，没有人知道他们的命运将从"三棵杉树"开始改变，但这个小郑的热情感染了他们，他们隐隐地看到了希望。

2007年6月，因为拆迁，那几棵杉树被移走了。在杉杉，没有人把这几棵树当做神崇拜，除了那些寻找新闻的记者。

因为在这个世界上，有的树长在地上，有的树长在人的心上！

南京路、淮海路

关键词：第一个广告、旧西服、上海滩

　　这是 1989 年的 10 月，金色的秋景对于杉杉人来说多少沾带着几丝悲壮。郑永刚决定发动他上任后的第一场战役：攻坚上海滩。这一次会战对于杉杉来说完全是破釜沉舟。

　　1989 年正是中国西服出现第一次大滑坡的"谷底"时期。当这种改革开放后涌动起来的"标志性"服装普及得连农民都穿着它挑粪桶的时候，它的时尚价值已经荡然无存。是的，西装实在是太普及了，普及到农村的土裁缝也会信手裁剪几套不中不洋的"西装"，可见它的服饰意义已经走到了底线。而杉杉，正引进国外流水线和面辅料准备工业化地大干一场，这下可好，一下撞在了枪口上。就在这年的 5 月郑永刚走马上任，用他自己的话说，等待着他的是 300 个拿不到工资的工人和因改造流水线留下的 300 万元的债务。

　　一般人来看，当时被叫做"甬港服装厂"的杉杉前身，已经回天无术，倒闭是早晚的事，而郑永刚的基本任务就是收拾和处理最后的烂摊子。他一点不用有压力：人事已尽，天意难违。

　　可是郑永刚偏偏是个认死理的人：全世界穿了几百年都不肯改变的服装款式，就这么不经中国人穿？这里面肯定有奥妙。新任厂长立刻调查市场，调查的结果还是证明了"兔子果然有两个耳朵"——与所有人的结论一样，中国的西装市场彻底疲软不可修复。沮丧的郑永刚坐着夜班火车从深圳返回广州，他的脑子里一片空白。

　　咣当作响的车厢里人影晃动，满车厢没有一个穿西装的。看来，中国的西装真的走到了尽头，人心向背，这是无可挽回的大势。忽然郑永刚眼睛一亮：西装！他发现了西装，发现了一个穿西装的人。

　　他走了过去，那是一个大学生模样的年轻人。年轻人确实穿着西装，可是看上去

那西装又不同于一般的感觉。郑永刚死死地盯着年轻人看，倒把那年轻人看得不好意思起来："这是……外国的……旧西装，可是穿得舒服。"所谓的"旧西装"，实际上是当时走私进来的国外的"服装垃圾"，国家正在严厉打击。郑永刚摸了一下他的衣服面料，这和中国的西装不一样：轻、薄、挺、软。

郑永刚恍然大悟。年轻人之所以冒着"严打"的风险穿着"垃圾西装"，就是因为"轻、薄、挺、软"这种不一样的感觉。因为中国的第一拨西装，都是继承解放前"红帮"老师傅的做法，用黑炭衬、厚垫肩、羽纱支撑起来的"衣骨子"，整体感觉厚、重、硬、皱，人穿上它就像套着一件武士的盔甲。郑永刚明白了：人们淘汰的是"盔甲"，而不是西服。

向国外西装学习。厂长的信心如同风帆被鼓吹起来了，他看到了一个巨大的商机。"我们不做盔甲，但依旧可以做西服。"经过一番研究和试验，新一代中国西服就在甬港服装厂诞生了。郑永刚很得意，他决定把这新一代的西服命名为"杉杉"。

几个月的研发迎来了服装销售的黄金季10月。新西服从哪里切入市场又是成败的关键。这一次郑永刚胸有成竹："卖到上海去。"听到这个决定的所有人都倒吸了一口冷气：上海是什么地方？中国最挑剔的目光、最精明的算计、最排场的做派都集中在这里，一种新货进入大上海，几乎就是九死一生。郑永刚却哈哈大笑："我需要的正是

像上海人那样的识货人。上海人是穿西装的〝老鬼〞，他们一眼就能看出什么是好东西。〞

去上海就得花钱呀，两手空空的郑永刚咬咬牙借了6万元钱，可令人不解的是，他把6万元钱都花到了电视台，去做了一个〝不要太潇洒〞的广告。那时候，人们还没有广告意识，根本不理解服装为什么也要做广告。郑永刚说：〝好酒也得吆喝。〞中国服装的第一个广告就吆喝着出笼了。

一边是广告的吆喝，一边是说通了淮海路、南京路上的十家专业服装店，让杉杉西服借柜上架。精明的上海人也懵了：在西服节节败退的形势下，不知从哪里钻出来的胆大包天的〝杉杉〞西服，竟敢在当年法租界和英租界的两条大马路上招摇过市。去看看，到底是什么样的不善来者。

郑永刚用他的〝杀手锏〞当门就截住了精明的上海人。服装店门口，杉杉现场试货。杉杉夸下海口：〝轻、薄、挺、软，水洗不变形。〞若不相信，杉杉员工现场即把一件杉杉西服扔进边上的洗衣机里，让它翻卷滚动、上下折腾，哄得一群上海人围在那里看魔术般地看着杉杉人变戏法。好，五分钟水洗完毕，这一番折腾也够西服受的了，然后脱水甩干。杉杉人把洗衣桶里绞成一团的杉杉西服顺手一抖：哇，上海人眼睛睁圆了，果然是〝轻、薄、挺、软，水洗不变形〞。

上海人穿西服是中国第一〝老鬼〞。那些〝老克拉〞开始哇啦啦地夸起了杉杉西服：〝看到哦，迪个才叫正宗西装。轻、薄、挺、软，水汏勿皱，迪个做出来勿容易呀。〞

郑永刚心里很明白，他的一只手已经伸进了上海顾客的胳肢窝，不由得他们心里不痒痒。是的，他知道〝十里洋场〞的做派，上海人都知道〝服装是一种生活方式〞的道理，场面上需要的是体面，因此西装的〝挺〞是第一位的。过去的西装都靠娘姨（旧时对女佣人的一种称呼）用熨斗烫出〝挺〞来，现在大多数人都嫌麻烦，生活节奏又快，没时间，也就是说，没有了这个条件。没有条件宁可不穿，这是他们的基本态度。好，现在有了水洗不皱的西装，而且还轻、薄、挺、软，这不正打到了他们的心坎上？搞定上海，就是搞定中国，因为上海是中国的第一时尚之都。

杉杉一炮打响了上海滩，中国服装从此掀开了新的一页。

2004年的10月8日，刘翔出现在第九届宁波国际服装节的"杉杉专馆"开幕式上，大红的背景墙上骄傲地书写着"中国的刘翔，中国的杉杉"，雅典奥运会上刘翔夺冠的那一瞬间矫健的跨跃，再一次腾飞在国际服装节的烟花和彩带之中，人们几乎以一致的赞语，表达了体育精神与时尚精神的第一次完美的对接。这是杉杉使用刘翔形象的第一次即兴创意，也是杉杉在它十五年的发展史上第一次找到能与自己品牌精神完美匹配的最合适的人格形象。

前品牌时代

品牌时代

多品牌时代

多品牌、国际化时代

"创中国西服第一品牌"

关键词：创牌、来料加工、品牌价值

　　当年，走进宁波甬港服装总厂的办公楼，一条醒目的标语会映入你的眼帘——"创中国西服第一品牌"。

　　可这个充满豪情的口号，一开始没有引来认同和喝彩，却招来了质疑和不屑。这也不奇怪，一个人心涣散、巨额亏损的工厂有这个能力吗？一个不懂西服生产工艺的厂长能带领员工走向成功吗？内部员工疑虑重重，只当是新任厂长的三把火；外部同行则嘲笑不屑：中国西服传统工艺分南北两派，南派以上海红帮培罗蒙为代表，红帮的发源地宁波正上演奉化县与鄞县谁是正统的大剧，你甬港服装的工艺既不是奉帮，也不是红帮，有资格谈论创西服品牌吗？

　　特立独行的郑永刚，全然不顾嘲笑和怀疑，深信唯有创品牌才是工厂的生路。不懂工艺懂市场，明白市场不是不需要西服消费，而是需要有品牌的西服。这是在替香港加工西服的外贸业务中总结出来的。

　　香港光年公司原来在韩国下单生产，为了降低成本，转而到宁波下单。他们提供一切面辅料，甬港服装总厂进行纯加工，多年的加工锻炼，提高了员工的工艺水平，可只收到微薄的加工报酬。而同样的员工、同样的设备，即使同样的面辅料，却因为商标不同而命运不同，没有知名度的国内商

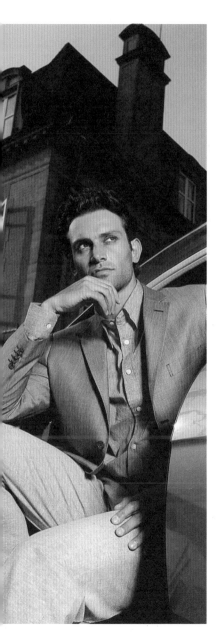

标西服变成库存,而"苹果"牌西服则在香港以高于前者八倍以上的价格热销。最让人记忆犹新的是:光年公司不在乎面辅料的损耗怎样,而对商标严格控制,多少套西服给多少个商标,如果商标在生产过程中损坏了,也必须是以旧换新,损坏的不能再用的也要收回去,绝不允许流失一个。由此郑永刚悟出了一个道理,甬港服装总厂与香港光年公司最大的区别就是:前者没有品牌,后者有品牌。所以出路就是创中国西服第一品牌。

按照现代管理学的理论,"创中国西服第一品牌"是对企业员工提出了愿景,激发员工对未来的憧憬并为之努力奋斗。由于经常以库存衣服抵工资,多年亏损的工厂早已人心涣散,没有斗志。一些原本设法调进工厂的关系户,现在想方设法要调出去,实际是在给已经低落的士气不断地泼冷水。"创中国西服第一品牌"是一个目标,更是一个激动人心的冲锋号,唤醒了员工的斗志和自尊。当所有员工团结在这面旗帜下,贡献自己具有的才智而形成合力时,核心竞争力由此而生。"创中国西服第一品牌"战略提出一年以后,工厂扭亏为盈,甬港服装总厂起死回生了。

6

7

不要太潇洒

关键词: 上海滩、专卖厅、中百一店、二百十三套

　　1991年,"杉杉"品牌西服以其"轻、薄、挺、软,水洗不变形"的独特品质,成为中国新一代西服的代表。全国各地的许多商家提前3到6个月就预付了全额货款,然后开着货车到宁波杉杉工厂再等上一周甚至十天,好说歹说才能拉走订货量的一半。谁能拿到杉杉西服就等于是钱已经赚到手了! 一时间,杉杉西服成为各地商家的"硬通货"。

　　光从买卖角度来看,这已经是很好的状态,然而从创名牌高度看,对这种状态要有清醒的认识,所谓"热闹处着一冷眼"。只有成为真正意义上的中国名牌,顺势走过从短缺经济年代到买方市场的路径,才能持续发展,生意才会越做越大越久。

　　杉杉要占据中国商业的高地! 进入上海中百一店成为新的目标。

　　在上世纪90年代初期,中国人结婚办喜事,有条件的都要到上海办采购。民用消费品要创中国名牌,必须要闯上海滩,而要立足上海滩,绕不开上海中百一店这道坎。是时,计划经济全民国有体制下的上海中百一店是中国商界的老大,中百一店寸地寸金,那种居高临下、不可一世的姿态和令人咋舌的入场条件使不少生产厂家望而却步,入场者却不得不忍气吞声,尝够了"爱它恨它不能没有它"的滋味。

　　"杉杉"似女初长成,带着三分乡土气息和乡下人(那时的上海人把上海以外地方的人一律称作"乡下人")一脸的真诚,

挟着杉杉西服供不应求的气势和品质优良的底气准备进驻上海中百一店开专卖厅。

上海排他但不排斥宁波，这是因为上海与宁波渊源深远的血缘关系。但在商言商，厂家功夫还得做到家。那时，要约见中百一店服装部经理比现在签证去美国还难。几次三番，公关、谈判，满足了十分苛刻的进场条件后，中百一店终于同意辟出专卖厅。他们要看看宁波杉杉到底玩出啥花头！

杉杉公司准备了足够数量的最优良的西服产品，派遣一支宣传小分队进驻上海进行媒体宣传和布展。电视广告板块，队员们经过精心策划，请上海滩有一定人气的演员翟乃社出演，广告语是"不要太潇洒"；报纸广告方面，策划了一系列悬念广告，买下报纸广告版面，留着大面积空白，仅用一句充满诱惑的话制造消费者的期待心理，到展销开幕当天，消息正式公布，"不要太潇洒"也同时推出。

记得那天是周五，全天共销售了五十多套西服，这在当时是一个令人惊讶的高位数。第二天，专卖厅人头攒动，销售额直线蹿升，达到100余套，中百一店兴奋极了，连说"宁波杉杉厉害"。第三天，也就是星期日，顾客挤满了专卖厅，营业员忙得不可开交，连杉杉派往上海的宣传小分队也都全部上阵帮忙充当临时营业员。当天销售开创了

单店日销售量230套的记录（后来全国各店从来没有打破此记录）。那时，杉杉工厂的西服日产量只有600多套，而当天的中百一店杉杉专卖厅的销售量竟是日产量的三分之一。此销售业绩轰动沪上，广受关注。《解放日报》、《新民晚报》等以"杉杉西服直挂风帆，给销绩平平的服装市场注入一线生机"、"服装市场万马齐喑，杉杉西服一马嘶鸣"为标题予以报道。杉杉西服成功立足上海滩，迈出了创中国名牌坚实的步伐！

"不要太潇洒"是上海人的口头禅，当时此语一出，还一度引起争议，有人因此专门在《新民晚报》等媒体上撰文批评，认为从汉语言规范使用角度而言，属不伦不类、语焉不详。但这种句式在上海人口头却十分流行，其意都能心领神会。如对某道菜很赞赏，上海人会说"不要太好吃噢"，意思是实在太好吃了。同样，"不要太潇洒"即是实在太潇洒了。争议继而进一步提高了此广告语的知名度，杉杉决定继续使用，并长达五六年之久，此广告语后来入编出版的《中国经典广告名句》一书中。

挟扬名上海之余威，杉杉在华东乃至全国市场频频得手，专卖店（厅）数量与日俱增，财源滚滚而来，企业规模不断扩大，迎来了第一个发展高峰期。

专卖营销

8

关键词：市场覆盖、产品系列开发、专卖店

专卖营销，是国际服装著名品牌的营销方式。在国内率先开展专卖营销的是宁波杉杉股份有限公司。

1989年提出"创中国西服第一品牌"战略以后，杉杉牌西服凭借新工艺和成功的市场营销策略畅销国内大中城市的商场。曾经在特殊季节里，某些城市由于货源吃紧，人们竟然要凭结婚证才能买一套杉杉西服。"不要太潇洒"这句广告用语更是家喻户晓。当时的国内零售业是以国营的百货商场为主导，进大型的百货商场是杉杉西服创名牌的策略。被中华第一商业街上海南京路上的上海中百一店所接受，本身就标志着杉杉西服名牌战略的成功。于是，杉杉西服，主要依靠全国各大中城市的百货商场销售而覆盖了大半个中国。

1992年底开始，为了发挥杉杉男西服的品牌效应，公司开始杉杉服装系列化战略，陆续成立杉杉时装公司、杉杉衬衣公司和杉杉服饰公司，生产除男西服以外的其他服装服饰产品。至1993年底，杉杉服装服饰系列化基本完成，杉杉品种更丰富完整了。

在百货商店销售产品，在当时有很大优势，但也有相当的局限性，因为终端的销售权掌握在别人手中，一切受制于人；再说各家商场的潜规则和不规范的运作方式，也损害了品牌生产公司的经营成果。在杉杉品牌已为大多数消费者接受的时候，在杉杉已经完成服装服饰产品系列化的时候，也正是杉杉应该像国际大牌一样开设专卖店销售的时候，同时，也是杉杉进一步提升品牌形象的时候。1994年4月8日，杉杉在国内的第一个专卖店——宁波杉杉专卖店的开设，标志着杉杉服装的销售进入专卖营销时代，为民族服装工业开创了新的营销时代。

一年以后，关心杉杉的人们，每到一个大中城市，总会发现一两个杉杉专卖店设立在那个城市最繁华的商业街上，经过CI统一设计的门头，以及道路两旁的灯箱广告，将杉杉的蓝、绿专用色展示给过路的人们，成为商业街上的独特一景。

9 青山绿水

关键词：CI、品牌推广、艾肯魏正、形象提升、无形资产

　　许多年过去后，每当人们说起杉杉当年的CI战略导入，还是那样津津乐道。1995年完成导入阶段后的杉杉企业品牌和企业形象焕然一新。企业本部专门组建企业形象策划部进行企业形象工作的全面执行和推进，执行面的宣传经费是导入规划投资的数十倍。一时间，中国各大城市的标志性街道上，杉杉的霓虹灯、灯箱广告成为一道道目不能避的景观。北京长安街上百米的巨大霓虹灯和上海南京东路的一长排灯箱广告让旅行其间的宁波人自豪无比；各大省会的主要商业街，蓝绿相间的杉杉新标志广告灯箱让当地人倍增失落感，据说当年安徽省省长看到合肥市长江路的一街杉杉灯箱广告，别有意味地说长江路变成杉杉街了。一系列创意独特和影响巨大的公益推广活动，让公众和媒体感受到了杉杉巨大的热情和力量，这不仅激励企业自身的发展，也刺激着市场的创牌激情。

　　杉杉CI的成功导入，激发了市场一线人员的热情和战斗力，杉杉各地分公司迅猛发展，自营、合作等各种形式的杉杉专卖店（厅）不下千家，生产和销售规模连年翻番。杉杉西服当年销售份额占到全国同类服装的37%（此市场份额也创下中国服装的记录，至今无人打破），争创中国西服第一品牌的目标和地位无可争议地确立了，经济效益如牛市K线"唰唰"蹿升。

　　在宁波企业界，尤其是服装业，争创名牌、走向全国市场的风气因杉杉而如三江潮涌。宁波学界和企业界顺势创立了宁波企业形象战略研究会。杉杉集团总裁郑永刚被公推为首任会长。此后，宁波企业的创牌热情此起彼伏、始终未减。现在宁波经济的空前繁荣和诸多品牌尤其是服装纺织品牌影响全国，杉杉的〝敢为天下先〞功不可没。

　　1996年，在中国国际公共关系学会年会上，〝杉杉集团CI导入项目〞案例被授予金奖。

　　纽约全美平面设计艺术研究院院长、伦敦皇家学术学会皇家工业设计师柯林弗贝斯先生对杉杉集团的CI导入与推广作出评价：作为亚洲企业之新锐，在成功地完成了VI设计的同时，也体现了该领域的系统化、科学化的共同特性——具有鲜明的BI个性特征，成功地塑造和提升了优美的企业形象，表现了亚洲企业在CI领域的独创性和成熟性。

　　杉杉CI导入是海峡两岸在该领域的首度合作中最有影响、最为成功的案例。

　　早在1993年10月　时仟杉杉企业广告宣传的负责人王仁定在深圳的中国国际广告高级研讨会上结识了台湾艾肯企业形象策划机构创始人魏正先生。感受到企业形象战略清新气息的王仁定在会后向郑永刚报告，企业决定主动邀请魏正来宁波洽谈杉杉的企业形象导入事宜。魏正先生此间仅限于在大陆的学术交流，真正的专业业务并未展开。研讨会上绝大多数是中国各地的广告公司，他们纷纷邀请魏正先生与之合作，在大陆开展CI业务，但魏正对于众多广告公司的邀请心存疑虑，决定暂不接受此类邀

魏正先生：

　　您好！

　　自深圳一别至今已有一个多月了，大陆的江南已是寒意凛冽，不知此时的台北将是怎样的一番景象？有一首歌在大陆十分流行，叫《冬季到台北来看雨》，台北的冬雨真是这般令人向往么？这也许是词作者特定的心境与外在情景相融而产生的特有的感受吧。冬天总与寒冷相伴，望善自珍重。

　　魏先生11月10日发出的信函收悉，见信思人，深圳相聚历历在目。谢谢您恪守信用，从中也可以看出您是认真的做事人。所以，我更有了进一步与您交往的愿望。在两岸之间以我们的共同追求作基点，一起发展我们的事业。

　　深圳听了您有关CI的一些专业知识及个案分析，可以说，我这才正面认识了CI，并有可能从此深入。在大陆，CI尚在孕育期，南中国已经先走了一步，但中国东西南北幅员辽阔，差异很大，就说世界闻名的大都市上海，对CI都还没有全面、整体的认识。这段时间，上海陆续有有关CI的文章见报，其中一篇题为《1994，上海的CI年？》，这说明设计界的有识之士已经意识到中国的CI时代即将到来，并将会给大陆工商企业带来一次比广告宣传意义更深层次的革命，这是单从企业来说，对设计界而言将是一次机遇和挑战。所以，我们现在很需要进一步消化CI概念并直接予以导入，以更高的起点在同业竞争中脱颖而出。

　　杉杉集团是以生产西服起家的，现在已涉足服饰系列、金融、贸易等领域，而且想进一步向更大方向发展。但就目前而言，仍以西服标志最为著名。"杉杉"西服商标是1985年注册的，后来经过了几次改进，每次改进后都会重新注册，逐渐发展成现在这个样子，但就VI系统要求来说，是不规范的。前后注了册，商标造型有差异，但使用上仍存在新老并存。我们已经意识到CI体系对企业的重要性。尤其"杉杉"在当地是第一品牌，因此"杉杉"进行CI策划是迫切的。

　　这次来信有二项实质性议程：

　　一是请先生及贵公司相关人员亲来宁波，指导并与杉杉集团合作策划整个CI，具体事项，包括费用、行程、时间，请贵方先出个基本方案。杉杉的规模和概况请参阅附案的样本。我相信，我们之间的合作，能从根本上解决"杉杉"在这方面的问题，使企业面貌焕然一新。

　　二是趁此机会，由本公司组织，在宁波举办CI活动，比如：讲习、推广、咨询等，这样，不但促进这里的CI的成长，而且对贵公司在大陆树立影响力均大有裨益。

　　希望我们能合作成功，从此建立起友谊，发展我们共同的事业。

　　如需要更详细的资料可随时来信或来电。

　　敬颂

冬安并圣诞快乐！

杉杉股份有限公司企业形象策划部

王仁定

1993.11.8

王仁定先生：

您好！

感谢您的回函与邀请，台北这几天确实是在下雨，台湾为海岛型气候，冬季气温虽有十几度，但亦是寒意凛冽（台湾属亚热带海洋性气候，并不下雪，台北最低温度约九度），冬雨蒙蒙好不凄美，真希望您能到台北来看雨。

对于来函提及的二项提议，我们很慎重地进行了考虑与评估。事实上到目前为止，我在中国大陆只去过深圳、广州、北京、桂林、大连几个城市，原本计划在未来的几年内将以深圳、广州、上海、北京为CI推广重点。如您所言，中国大陆幅员广阔、差异很大，想要推广至每一个县市是很困难的，但王先生的先知卓见令我钦佩，也使我对此计划深具信心。

中国大陆从"计划经济"走向"市场经济"的改革开放，市场环境与行销供需的体制改革，促使各型企业必须重新检讨经营策略、行销策略、传播策略，以及与上述息息相关的企业形象战略。就如杉杉集团，现正以多元化经营触角延伸至不同的经营领域，如果要在这快速成长的过程中，延续且保有强势的竞争力，那么CI企业形象战略是不容忽视的。

台湾的CI经验由于同文同种，较有利于中国人的民族特性、文化取向、精神特质与沟通模式。因此，台湾的设计经验与CI案例，自然有助于大陆企业形象战略的参考。因此，ICON将针对王先生所提及第一项议程，提供回应。特拟"大陆企业识别CI活动行程"之建议方案供您参考，共分为三种活动形态，应可包含第一、二项议程所涉及之内容。

第一次建议行程以两天为主（包含来回行程前后共四天），请参考附件之行程表。原则上以二人前往为主，最多不超过三人同行，详细费用参阅附件。时间希望安排在元月中旬或三月上旬，这是最近的时间。目前暂定二月与大陆友人至西安寻古。

希望这是一个好的开始，亦是成功的开端。

敬颂

冬顺并祝新年快乐！

台湾 ICON IMAGE DESIGN INC.

魏正 敬上

1993.12.20

请，然而王仁定的一封信打动了他。

几番书信往来后，魏正第一次从台北经香港转机踏上宁波。此后，杉杉斥资200万元人民币，先后十九次请魏正赴宁波指导杉杉CI导入，历时整整一年。

杉树，伟岸挺拔，英气飒飒，生命力极为旺盛，它与中华民族五千年文明积淀下来的坚忍不拔、蓬勃向上、生生不息、挑战未来的精神相一致。而面向新世纪体制转型的重要发展阶段，杉杉集团不仅要塑造恒久弥新的品牌，而且要营造涵义丰蕴的企业文化，建立起经营集约化、市场国际化、资本社会化的现代产业集团。正如郑永刚总裁所说：今天的杉杉不能仅注重品牌宣传，未来的竞争更重在企业形象和企业文化。

据此，杉杉确立了"立马沧海，挑战未来"的企业精髓和"奉献挚爱、潇洒人间"的品牌宗旨；确立了"我们与世纪的早晨同行"这一对外诉求标语。他们从自身品牌诉求出发，紧扣21世纪"环保、生态平衡、绿化"的世界性主题，把杉杉品牌提升到爱人类、爱地球并与人类生存环境息息相关的高度，确立了杉杉企业及品牌在社会中的位置和宣传定位。

杉杉新标志以阐释ShanShan及象征中国特有"杉树（China firs）"作为设计元素，将大自然的意蕴融入设计，以"S"字体象征流水般生生不息，杉树则有节节高升之意。杉杉标志在色彩上采用自然沉稳的青绿色与象征现代清新的水蓝色搭配组合，视觉上令人耳目一新、生动有力。结构上以两个"S"阴阳曲线作拓展变化，意谓杉杉迈向多元而又持续发展。而耸立挺拔的杉树图形，令人联想到杉杉从传统到现代的关联，更象征集团创新突破的成长。

1994年6月28日，杉杉集团有限公司正式成立，并举行了盛大的杉杉集团CI标志发布会，向社会公众广泛告知新的企业标志。同时，CI走廊的建立和对全体员工的CI知识培训，使广大员工深深感受到企业发展的新动力并认识到企业即将进入一

个新的高峰,从而,员工们的凝聚力和积极性被空前调动起来。中短期企业发展战略因为有了CI工程系统的指导也在紧张地筹划和确立。在很短的时间内,全国范围内的电视报纸广告、灯箱、霓虹灯等都换成了统一的全新的杉杉标志和彬彬企业精神用语,专卖店(厅)外观和内部布置也经过重新装饰,以焕然一新的面貌呈现,企业形象的推广宣传全面启动。

杉杉的CI导入使企业受惠多多:

一、确立了杉杉在社会和公众中的绿色环保代言人的地位,表现了杉杉企业的一种现代、清新、富于社会责任感的美好形象,极大地丰富了杉杉品牌的文化内涵,提升了社会美誉度。

二、通过CI导入及深化推广行动,促进了企业发展战略的完善,使杉杉逐步建立起富于特质的企业经营文化系统,并以此为依托走上了有形资产与无形资产相结合的"两手抓、两手硬"的企业发展新路。据"中企资产事务中心"的审慎评估,导入CI后,杉杉品牌的无形资产价值迅速升值,至1995年末已达到2.65亿元人民币,时至2006年,杉杉品牌无形资产价值已至48亿元人民币,成为企业自身的又一笔巨大财富。

三、据调查资料显示,杉杉集团和品牌的认知率,在华东和华中市场已从1994年的50%上升到1995年末的92%;在华北和东北市场,从1994年初的6%迅速上升至1995年末的23%左右,使这两个原来薄弱的市场迅速得以开辟,并辐射到更为广阔的西北、西南等市场,从而使杉杉品牌作为全国性品牌的地位进一步确立。

四、经济效率和市场份额成倍蹿升。

许多企业、机构和媒体在研究杉杉的文化现象。在杉杉与公众分享CI的成功经验时,有四点值得关注:1.最高决策者的认同支持和决策层的统一认识,并明确目标和定位;2.在请专业公司规划之后,一定要有一个专门的部门去执行推动;3.要有相当的预算支持;4.要持之以恒。

JOURNEY TO THE EAST

走进东方

关键词：设计师、全国招聘、"走进东方"

寻找设计师

中国的服装设计师在哪里？

他们在很小的圈子里，玩他们自己的游戏，与市场关系不大。服装企业在做自己的生意，因为短缺经济的惯性，生意有得做，没有想过设计师的用处，也不知道他们在哪里。服装企业与设计师本来是一根藤上的瓜，却各吊一端，不相往来。这就是20世纪90年代中期中国服装企业与设计师的关系。

1996年，杉杉股份在上交所挂牌上市，成为中国服装第一个上市企业，杉杉企业和杉杉品牌达到了前所未有的发展高峰，西服的市场占有率达到了空前绝后的37%。市场的拓展必定带来生产规模的扩大，此时，杉杉选址宁波鄞州中心区，投资2.3亿元的杉杉工业城已在建，计划于1998年8月正式投产，年产西服50万套，在全自动化的德国杜克普流水生产线上，全悬挂式的自动设备，平均每18秒钟就"吐"出一套做工质量上乘的西服。但产品品种却相对单一，一款创牌初始的双排扣枪驳头西服居然唱了七八年主角，这让郑永刚心存隐忧。

一个宏大的构想在郑永刚心中酝酿：服装要进入设计品牌时代，而设计品牌必须有设计师的参与，这是服装业可持续发展的必由之路，这也是日趋追求个性的消费者走过温饱阶段后对服装提出的需求。

引进设计师，创新杉杉品牌，设计杉杉服装。

1996年初，杉杉选择《经济日报》、《南方周末》等有全国影响的报纸，打出"斥巨资全国招贤"的招聘设计师

33

广告，这一下在全国服装界甚至企业界引起巨大波澜，据说当年报考服装设计专业的考生激增。这个经过创意设计的招聘广告还被评为1996年全国十大优秀报纸广告之一。1996年10月，几经筛选，被当时中国服装设计界称为"南张北王"的中国两大设计师张肇达和王新元最终雀屏高中，加盟杉杉。

"百万年薪"、"数百万建立一流设计总部"、"数百万年设计经费"……这些数字对当时中国服装设计师的吸引实在太大了。很多服装企业跃跃欲试，设计师身价如牛市股票日日看涨。王新元回忆当时的情景时说道："当时很多企业效仿杉杉招聘设计师，是由多种因素造成的。除了企业和设计师都有需要，我和张肇达的行动起了引导作用外，杉杉及郑永刚本人在服装行业的高知名度和巨大的影响力更是重要因素。这次招聘号称'百万年薪'重金礼聘，破了'天荒'，大家对此都有期待，但真正引起效应的，是1997年4月我们加盟杉杉首次举行的时装发布会'走进东方'。"

走进东方

被命名为"走进东方"的时装发布会于1997年4月在北京天伦王朝饭店举行，这次发布会创造了多个第一：第一次选用全国顶尖的70名模特登台演出，第一次采用舞台场景式的表演方式，第一次推出耗巨资、制作精美的服装，第一次在亚洲最大的室内广场——天伦王朝饭店搭台，第一次为一场时装秀投入巨额广告，等等。

规模这么大，是因为此时的杉杉不仅年销售22亿人民币，居全国第一，而且始终处于行业领跑的位置上。搞一场无声无息的发布会，既不能体现集团的气魄，也不足以引起人们对中国设计师水准的认识。而国外服装品牌，包括香港地区的服装表演在国内已屡见不鲜，基本上是按部就班，没有给人太多的新鲜感。正如王新元所言："我们要努力超过他们，如同当年的平型关战役，给国人一个振奋，给友军一个鼓舞，给敌军一个教训。"

取名"走进东方"，意表西风东渐：国外时装的操作方法已经走进了开放的东方中国。

演出场地最初设想定在人民大会堂，后因与当时的国际时装博览会安排相冲突，又查询过在太庙演出的可能性，因涉及部门太多，手续太繁复，也就没去惊动"皇帝老儿"，最后选定在亚洲最大的室内"天井"——天伦王朝饭店大堂广场。为此，大堂广场整整停业三天，堪称兴师动众。

演出的准备工作是极其紧张的。设计制作部在两个月内完成了12组、180套服装。为给每幕表演起个有意蕴的名字，设计师、企划部等多番考虑，费尽心思，最后将17场表演的主题命名为：东方破晓、秦古遗风、长城初雪、黄河写意、燕赵回风、都市香氛、海上遗韵、城市节拍、青山绿水、黑水白山、兵俑残梦、晨钟惊艳、敦煌迷情、古陶余韵、敖包皓月、花城燕乐、东方明珠。从上海浦东旭日初升的幻灯片开始，到上海外滩美景、东方明珠塔的幻灯片结束。以做前三名背景，呈现杉杉集团代表中国服装业走向国际的姿态。

媒体在采访时问设计师：据说在"走进东方"的设计中，你们有意突出女性，并揭示女性魅力？

对此，王新元侃侃而谈："从女人与男人争平等，到男人与女人争平等，这个翻天覆地的转变，在男女服饰的变化上已经能够看出端倪。现在走红世界的阿玛尼就是女装中性化的一面旗帜。美国当代服饰的核心就是中性化，男女都能穿，连香水都出一个牌子，这是一个大趋势。'走进东方'的前两个主题就是努力把女性地位的变化、尤其是东方女性的自尊演绎出来。'东方破晓'采用了激烈震荡的雅尼音乐，在巨大的背景板上，打出传统文化的符号：紫禁城远景、古汉字、帛和东方建筑的飞檐，看起来神秘而悠远。突然，幕门开处，中国第一名模陈娟红率领十余佳丽，一律米色羊绒大衣、浅色羊皮长靴，戴羊羔皮帽，挺拔、冷峻、高贵而骄傲。在刺眼的灯光下，陈娟红摘下墨镜，放射出冷酷的目光，像是对世界的挑战。紧接着，又有十几个模特旋风般入

场，全部黑色长裙、黑色皮帽、黑色长靴、黑色手套和墨镜，像一片黑云，融入浅色丛中……有人说这场演出看得让人有点喘不上气。做前三名们想要的结果。"

"走进东方"引起了轰动，媒体争相报道、评论。国内外众多人士包括来自法国、意大利的参展商、设计师、记者和在海外奋斗的华人设计师等看了此次发布会都很激动，纷纷感叹杉杉竟能投资办出这样高水杆的时装发布会。有的评论家说，这是中国服装史上里程碑式的作品，结束了中国时装表演的"片汤时代"（以前的时装表演为节约成本，大多凑合、对付。演出前，在后台放上银别针、大头针，模特穿得不合适，临时别别、修修。北京土话称之为"片儿汤"表演）。而"走进东方"终结了中国无高档时装发布会的历史。王新元坦言："如果我们不加盟杉杉，这样的表演是做不出来的。'走进东方'从服装设计、制作到表演、企划宣传，耗资巨大，不是一般企业能够出得起的。就算一些公司有钱，也没有杉杉人那样的胆略、能力和气魄。"

对于杉杉，"走进东方"服装发布会的举办是一个标志性的事件，这也意味着设计师的地位在杉杉，在中国服装业的确立。杉杉设计品牌时代从此拉开了大幕。

品牌延伸 **11**

关键词: 延伸、核心品牌、品牌家族、品牌价值

核心品牌"杉杉"在男西装领域的成功,让杉杉企业体会到品牌的市场魅力,因此也萌生了将核心品牌向非西装领域的延伸的思考和实践,并使之成为一项十分诱人的工作。所谓品牌延伸,是指把已经形成市场号召力的品牌,引申到不同门类的同质产品上,使品牌的灵光从单品延伸为同一公司的共同荣誉,进而形成"品牌家族"的合力影响,巩固和扩大品牌的知名度和号召力,使品牌价值最大化。

杉杉品牌的延伸工作从上世纪90年代初开始,形成了如下的延伸品牌。

杉杉女时装

2002年建立的上海杉杉女时装公司,是杉杉集团集企划、设计、制造、营销、管理于一体的女时装公司。杉杉女时装以"成熟都市白领女性"为主要顾客群体,试图为中国知识女性勾勒出简洁、舒适、高雅的独特气质,给成熟女性带来职业生活更时尚休闲的新理念。女时装定位于休闲与职业的高度和谐,打造自成一体的高级商务休闲系列,让25岁至40岁的白领职业女性在端庄中不乏风情,职

业中彰显休闲。杉杉女时装不惜以高成本来贯彻"多款少量"的产品路线，以不间断的上货，为顾客创造价值，也为加盟商赢得市场，并凭借自行建立的物流统计信息网，确保品牌满足客诉和订单。杉杉女时装剪裁独特，工艺精细，体型流畅，包装精美，面、辅料全部来自于日、韩、欧美及国内优秀企业，并始终如一地与各地大小加盟商创建共赢利、共成长的和谐关系，以优质的服务，稳步巩固、提升市场的占有份额。

杉杉羽绒服

　　2002年，杉杉初涉羽绒行业，杉杉羽绒服上市。次年响应杉杉服装的"商务休闲"倡议，推出"商务羽绒"和"都市羽绒"。2004年，杉杉羽绒服在中国羽绒服市场上因"产品质量用户满意，品质信誉可靠"而被推选为"最具竞争力品牌"，杉杉抗菌羽绒服也被评为"中国抗菌标志产品"；2006年，杉杉羽绒作为单品大类实施品牌独立运作，并吸收时装设计理念，削弱对保暖功能的强调，推出了"新概念羽绒"。杉杉羽绒服的目标消费群为25-45岁、具有一定消费能力、拥有成熟的思维和独立行为方式、对时尚能敏锐感知、追求考究生活品质和精彩生活心境的城市白领。杉杉羽绒以张扬的风格和鲜明的个性，追求羽绒服装从纯粹功能着装向时尚装束的超越，在"更自由、更轻松、更时尚"的口号下，让羽绒服在迷离的都市中带给人们新的生活感受。

杉杉针织内衣

　　2001年11月建立的杉杉针织内衣公司，是杉杉品牌向针织内衣领域推进的象征，旨在通过杉杉品牌文化与针织工艺的完美结合，塑造一种更具贴身舒适感的内衣产品，创造杉杉服饰的一种"切肤的关怀"。该公司主要从事针织内衣的生产、加工及销售，在业内有一定的影响。

杉杉童装

　　为开发儿童服饰用品和校园服饰，杉杉企业于1996年建立儿童用品开发公司，打出杉杉童装（Firskids）、小杉哥（Firsboy）和杉杉校园服饰三个童装品牌。品牌影响向童装领域延伸，形成内销、外销、校服为主导的企业经营格局。在"关爱孩子，关注未来"的经营理念指导下，为少年儿童提供"活泼、健康、时尚又不乏童趣"的服饰产品，传达"自然、自立、自主、自信"的个性气息，展现新时代少年儿童内在的精神风貌与现代美学动感。2002年，杉杉儿童用品开发公司改组为中外合资企业，导入企业ERP系统和资讯化管理，获得更健康的发展。

杉杉牛仔服

　　顺应休闲化的服装趋势，满足消费者对杉杉服装多元化的需求，2002年杉杉企业建立"杉杉牛仔服饰公司"，把品牌的号召力向牛仔服饰领域延伸。时值杉杉提出"商务休闲"的服装观念，上海杉杉牛仔服饰公司遂推广"商务

牛仔″概念，融合都市休闲服饰的有机肌理，以摆脱牛仔服饰呆板的传统风格，创造出牛仔服饰面料时尚化、风格化的产品形式。杉杉牛仔进而将牛仔服饰引入高档商务楼的Office一族，使其成为具有成熟消费心理又有年轻心态的白领阶层的选择方向。杉杉牛仔服饰以18－35岁的年轻消费者为主要目标群，其男女牛仔衣裤、T恤、内衣（裤）、线衫、羽绒服等产品的不断问世，表达了杉杉对于多元服饰文化的独特理解与实践。

杉杉家纺

2001年2月建立的杉杉家用纺织品公司，是杉杉品牌向非服饰家用纺织品领域拓展的举动。杉杉家纺在″品质、服务、形象″的经营理念指导下，确定″温馨生活，时尚选择″的品牌创意方向和″人无我有，人有我优″的工作方针，把握流行趋势，将时尚的设计理念、先进的生产工艺，与面料、色彩、图案相结合，先后开发出既有欧美风情又独具东方神韵的床上套件、芯类、毯类、毛巾系列几大门类，九大系列，500多种家纺产品。杉杉家纺面料考究，追求平整润滑、细腻高贵，色泽亮丽，精致舒适的使用感受，以全新的、时尚的、健康的家纺产品形象，获得了消费者的认同和赞誉。

杉杉皮具

2003年建立的杉杉鞋业皮具公司，是杉杉品牌向鞋业皮具领域拓展影响力的举措。皮具公司主要从事鞋类与皮类产品的研发、生产、销售。主营皮具礼品、精品、饰品、箱包、袋、配饰。杉杉皮具追求简约的设计风格，优化服务体系，以满足不同消费群体的个性化需求。

特许经营

关键词：大锅饭改革、特许加盟、双赢

　　杉杉企业自1989年创牌走市场，到1998年已经在全国组建了三十几家分公司，上千家专卖店（厅），形成了庞大的市场组织结构和营销网络体系。这些令人钦慕不已的巨大成果却让杉杉最高管理层产生了隐忧。

　　由杉杉全资投资组建起来的分公司由于所有制与经营者没有直接关联，在创业激情消退之后，渐渐产生了惰性，吃大锅饭思想普遍蔓延，此其一。因长期计划经济所造成的短缺经济到90年代末已经转向买方市场，而此刻企业再盲目扩大规模，自建产供销一条龙系统，企业风险升高，此其二。依照原先传统方式建立起来的销售网络，代价是极其昂贵的，包括运行成本和库存。这个系统要想有效运转，必须有一个前提：市场的胃口极大，有多少货销多少货。一旦市场的需求趋缓，渠道就不再是渠道，而成了"库房"。就像一个城市的交通系统，一旦出现问题，街道和马路就成了临时停车场。

　　经济学者说：一家夫妻小店不会倒闭，因为它很灵活，成本小，规模完全可以掌控，自救办法多，而恐龙型的大企业可能就在一夜之间休克，并且之前自身往往毫无察觉。这好比小病小痛如感冒，有点难过，但吃点药、稍休息，就无大碍，而身体强壮者突然不适，一查得了癌症，一下手足无措，生理心理全垮掉，不久便死亡。

创业十年，杉杉的发展又处在了一个抉择的关隘！

这时，"特许经营"这个崭新的理念吸引了企业管理层。经了解，新加坡的"特许经营"做得很好。几经辗转，他们请来了新加坡的高级顾问和国内的专家，组成了杉杉特许经营导入机构。首先对市场分公司的管理人员在思想认识上给予统一和提高，接着出台一系列相关的实施办法和措施。

特许经营是什么？我们可以反过来理解：你有什么东西可以被特许？其实，伴随着中国的改革开放，国际许多品牌进入中国市场，早就把这种方式一同带了进来。比如肯德基快餐就是典型的案例。所谓特许经营，就是你的产品、品牌、经营管理模式是可以被加盟者认可和接受的，也就是说人家愿意自己掏钱来经营你的品牌和产品，并能从中赢利。同时，特许经营模式是可以被反复复制的。对杉杉而言，市场的经营主体必须易人，这触及到了现行体制下的既得利益群体，这就要改革。

对杉杉管理层来说，特许经营是一件市场重新构建的利器，已经紧握在手，非用不可。对全资分公司的经理们来说，特许经营将是一次重新洗牌的局面，很多人将因此淘汰出局。吃惯了大锅饭，现在要一下自己拿出钱来从杉杉职工变成加盟商，像突然断奶的孩子，心理恐慌是可想而知的。而对于长期销售杉杉产品和有意加盟杉杉的个体经营者来说，特许经营则是个好消息。

郑永刚对此有非常清醒的认识。他说："我们这种改革，可以说是革命性的，如果不这样做的话，那么你这个企业就会产生很大的危机。为什么呢？因为你是推动式的经营，产供销一条龙，分公司拿你的钱订你的货，销得掉，就拿你的奖金，销不掉就增加你的库存。有人认为改革有风险，我认为不改革才是最大的风险！"

1998年，杉杉的传统销售网络和销售模式已经困难重重、步履维艰，就算杉杉当时有能力承担这个风险，但这种经营模式也绝非服装企业未来发展的方向，无法适应杉杉品牌自身发展的需要。每年处理那么多存货，不仅让企业在资金上承受巨大的损失，而且周期性的处理、打折将严重损害杉杉的品牌形象。

当时，杉杉集团华东区的一个分公司，年

销售一亿多，而库存竟有一亿多，分公司成为转移总公司仓库的仓库。而这家公司还能因为销售业绩突出受到表彰。众人群相效仿，内情险象环生。杉杉成了戴着镣铐跳舞的舞者，累啊。

特许经营模式的全面推动，彻底改变了杉杉的市场营销格局，但在实施初期，因为比较教条，不够市场化，重点放在了保留加盟商利益而不是品牌利益，造成不少出于投机心理的加盟商杀鸡取卵的行为，损害了杉杉品牌的形象和利益。但这毕竟是进步中的不足，瑕不掩瑜。

郑永刚从不怀疑这场改革：1999年那场改制方向无疑是对的，也是国际上服装业通行的做法。做企业，不创新就是死亡，有些代价实际就是成本，必须要付出。他对特许经营模式在杉杉的全面实施充满了期待：如果说，杉杉在过去10年里创造了一批"百万富翁"，那如今特许加盟经营计划对旧体制的改革，目的就是在今后的5－10年时间里再创造一批"千万富翁"。

在本书出版之际，杉杉的特许经营模式推行将迎来第十个年头，加盟商中，不仅诞生了一大批千万富翁，而且有些已经成为亿万富翁。

媒体将杉杉和郑永刚全面实施特许经营比喻为"第一个吃螃蟹的英雄"。第一个吃螃蟹，要具有超前意识和极大的勇气。当特许经营已经成为中国服装业普遍运用的经营模式时，先行者的革命性行动就成了历史与未来的标杆。

十年前，当多数企业家仍在斤斤计较于原始积累的毫厘得失时，郑永刚已经将共赢与分享的理念付诸实践。

郑永刚有一种不断挑战、自我修正的勇气。中国企业当前对营销有一种盲目跟从的心理，对西方模式消化不良、似懂非懂、生搬硬套，但杉杉结合自身实际，在实践中找到了一条真正适合自己的解决途径。而更重要的是，这种探索还在继续。

13

中国名牌、绿色环保标志、中国驰名商标

关键词：中国商界、信誉认同、荣誉认证

在中国商界的品牌经营中，有三个荣誉认证被一般地认为是中国商界的至尊称号,因为它们各自由相关的国家最高行政管理部门颁发,颁发机构的权威性与审核验收的缜密性,使它们越来越成为企业和消费者双方都不容置疑的信誉认同。同时取得这三项称号,就如同取得"围棋九段"般的地位。"杉杉"就是全国为数不多的同时获得这些称号的品牌。

中国名牌

"杉杉"于2006年9月获得"中国名牌"的称号（有效期至2009年9月共三年)，由国家质量监督检验检疫总局签发。这一称号特别授予杉杉牌男西服套装,该品牌由上海杉杉服装有限公司拥有。

"中国名牌"的评价机构是国家质检总局质量管理司和中国名牌战略推进委员会,它旨在对产品质量的评价。中国名牌的评价机制是以市场评价为基础,以社会中介机构为主体,以政府积极推动、引导、监督为保证,以用户(顾客)满意为宗旨的总体推进机制。评价工作以企业申请,科学、公正、公平、公开,不搞终身制,不向企业收费,不增加企业负担为基本原则,依据国家质量监督检验检疫总局颁布的《中国名牌产品管理办法》的有关规定,按照中国名牌战略推进委员会各年度中国名牌战略推进工作的总体目标要求,在通过广泛调查研究并充分

听取各有关行业主管部门、中介机构意见的基础上，经中国名牌战略推进委员会全体委员会议审议后最终确定的。

中国名牌的最终确立需要有一系列的前期成果作为铺垫。在此之前，杉杉品牌于1994年3月获得国家计划委员会市场与价格调控司、国内贸易部综合计划司、中国服装研究设计中心、中国质量管理协会用户委员会等机构签发的"中国十大名牌西装"称号（本称号特指授予宁波杉杉股份有限公司"杉杉牌"西装）；同时，也在1994年3月，获得了中国服装协会、中国纺织总会经贸部、中国社会调查事务所作为签发机构签发的"中国十大名牌服装"称号（本称号授予杉杉集团股份有限公司的"杉杉"牌服装）；又在1997年7月获得国家统计局和中国国情调查研究局签发的"走向世界的100家中国名牌"称号（本称号授予杉杉集团有限公司的"杉杉"牌服装）。

绿色环保标志

中国绿色环保认证机构要求认证企业建立融ISO9000、ISO14001和产品认证为一体的环境标志产品保障体系，同时，对认证企业实施严格的年检制度，确保认证产品持续达标，保护消费者利益，维护环境标志认证的权威性和公正性。中国环境标志以整体推进ISO14000国际环境管理标准为立足点，把生命周期评价的理论和方法、环境管理的现代意识和清洁生产技术融入产品环境标志认证，推动环境友好产品的发展，坚持以人为本的现代理念，开拓生态工业、循环经济。中国环境标志产品的目标是环境行为优、产品质量优的"双优产品"，建立绿色体系、生产绿色产品的"双绿企业"，实现经济发展与环境保护的"双赢"。

杉杉企业于2000年8月首次获得"中国环境标志产品认证证书"，由中国环境标志产品认证委员会签发，有效时间从2000年8月28日至2003年8月28日。此认证通过一系列严格的检验，确定杉杉集团的"杉杉"牌纯毛西服和"杉杉"牌衬衣（包括男式、女式）拥有上述称号。

杉杉集团的"杉杉"牌纯毛西服和衬衣，于2005年9月第二次获得"中国环境标志产品认证证书"，由国家环境保护总局授权、中环联合（北京）认证中心有限公司认证。有效时间为2005年9月19日至2007年9月18日。

中国驰名商标

这是国家工商行政管理局商标局确定的"在中国为相关公众广为知晓并享有较高声誉的商标"所设立的商标称号，通过一系列复杂的相关指标的考量检验，最终确定授予。杉杉集团注册的"杉杉（Firs）"商标于1999年12月29日获得此项称号，由国家工商行政管理局商标局签发。

14

"中国有我，杉杉有你"

关键词：中国的刘翔、中国的杉杉、形象代言人

2004 年 8 月 27 日。雅典奥运会男子 110 米栏决赛的枪声，不但震撼着 13 亿中华儿女的心灵，也让全世界一切关心体育运动的人们屏息等候。这项赛事在当天带上了一个巨大的世界性悬念，因为在奥运会历史上还没有黄种人跻身这个项目的决赛，而这次竟然出现了亚洲人。更令人震惊的是，中国的刘翔跑出了 12′91″ 的惊人成绩，创造了当天世界最大的新闻，他本人不但成了"亚洲飞人"，也成了中国的民族英雄。

电视让全世界同时看到了刘翔创造奇迹的精彩场面，在无数观众中包括了杉杉控股的董事局主席郑永刚。当全世界都在为亚洲飞人刘翔喝彩的时候，郑永刚的脑子里突然灵光一现：刘翔的精神，他那积极、健康、拼搏、向上的精神，不正是当代时尚的最高境界？民族品牌与民族英雄立刻在他的脑子里得到了闪光的对接。

"杉杉需要刘翔成为自己品牌的代言。"郑永刚当机立断。当天夜里，杉杉企划部拜访了上海刘翔的家，并与远在雅典的刘翔进行了沟通。

自从 1989 年电影演员翟乃社以一句"杉杉西服，不要太潇洒"打造了中国服装第一个电视广告后，杉杉一直没有

找到过适合自己品牌的代言形象。俊男帅哥遍地皆是，可是内涵气质都不能达到杉杉作为中国第一民族品牌的内在要求。有一段时间，杉杉只能无可奈何地用某次世界男模赛的冠军法布里斯，但是这仅仅是一个活的衣架子。杉杉在冥冥中相约刘翔，等待他作为杰出的公众人物和人格化的民族精神的出世。

刘翔很爽快地答应了杉杉的要求。他说："我从小看着许多有作为的人自豪地穿起杉杉西服，他们都是中国改革开放的杰出者。我喜欢杉杉。"一个月后，杉杉控股与国家体委田径管理中心签约，正式确认刘翔作为杉杉服装的形象代言人。国家田管中心规定刘翔只能代言五个最能与他的形象价值相称的品牌，杉杉是第一个正式签约代言的中国品牌，在此之前只有可口可乐和耐克这两个世界大牌取得了刘翔的代言。

2004年的10月8日，刘翔出现在第九届宁波国际服装节的"杉杉专馆"开幕式上，大红的背景墙上骄傲地书写着"中国的刘翔，中国的杉杉"，雅典奥运会上刘翔夺冠的那一瞬间矫健的跨跃，再一次腾飞在国际服装节的烟花和彩带之中，人们几乎以一致的赞语，表达了体育精神与时尚精神的第一次完美的对接。这是杉杉使用刘翔形象的第一次即兴创意，也是杉杉在他十五年的发展史上第一次找到能与自己品牌精神完美匹配的最合适的人格形象。

一个月后，杉杉再一次斟酌了刘翔代言杉杉的广告词，这时候，人们的心态平静了。一个基本的想法是，刘翔不是杉杉可以独占的，而杉杉也仍是消费大众支持和信任所支撑起来的的杉杉。于是，一句新的广告词产生了："中国有我,杉杉有你。"

48亿

关键词：品牌价值、无形资产

2006 年 6 月 19 日，"胡润 2006 民营品牌榜——中国 50 个最具价值的民营品牌" 论坛暨新闻发布会在复旦大学谢希德厅举行。

在这张胡润首次推出的榜单上，有包括北京、浙江、香港等地 12 个地区共 50 个品牌上榜。杉杉以 48 亿元的品牌价值入选，排名第六，在服装业中位居第一。

胡润说：评估品牌价值是一件很困难的事，采用的品牌评估方法是目前通行的"经济适用法"（Economic Use Method）。通过对企业的销售收入、利润等数据的综合分析，判断企业目前的盈利状况，运用"经济附加值法"（EVA）确定企业的盈利水平。同时，运用其所独创的具有领先性的"品牌附加值工具箱"（BVA Tools）计算出品牌对收益的贡献程度，通过数理分析方法客观地预测企业今后一段时间内的盈利趋势以及品牌贡献在未来收入中的比例。最后通过对市场、行业竞争环境的风险分析，计算出品牌的当前价值。公式为：品牌价值＝E × BI × S（E：调整后的年业务收益额。是通过对包括当年在内的前三年的营业收益及今后两年的预测收益加以不同权重后得出的平均业务收益；BI：品牌附加值指数。运用"品牌附加值工具箱"（BVA Tools）计算出品牌对目前收入的贡献程度，表现为品牌附加值占业务收益的比例,这其中包含了对品牌附加值在经济附加值中的比例的计算；S：品牌强度系数。）在考虑到中国行业及市场经济发展的独特性基础上，我们作了一个新的综合，提出了品牌强度系数的 8 个要素：行业性质、外部支持、品牌认知度、品牌忠诚度、领导地位、品牌管理、扩张能力以及品牌创新。这 8 个方面是对品牌从外部宏观环境和微观环境两个方面做的一个定性分析，可以通过市场调查和财务分析获得，反映了品牌的未来收益。

也就是说，品牌价值评估是指测算出各个品牌的品牌价值。品牌价值是根据品牌在市场上的地位以及它在未来的预期收益来选定合理的参数，通过评估模型计算得出的。

而在另一机构的评选中，杉杉的品牌价值为 78.65 亿元。

15

杉杉主题专馆

Multi-Brands Internationalization

多品牌 | 国际化

9号馆 由此向前 ⟶

9号馆

关键词：中国国际服装博览会、十二个第一、杉杉专馆

16

几乎每年的3月28日，中国服装协会组织的中国国际服装博览会都会准时在春寒料峭的北京举办。这是中国服装行业最大的年度盛会，中国所有著名的服装品牌都会在这段时间来到北京"华山论剑"。因为这个有着固定举办地点的例行盛会的关系，每年都会有数百个中国最著名的服装品牌荟萃于北京国际展览中心，成为首都报春的一道靓丽的风景。

以前，杉杉都会派出自己有代表性的品牌参加这个盛会。2004年，杉杉到了有实力也有必要整体参与的时候。一方面，杉杉服装在实施"多品牌、国际化"的战略实践中已经初见成效，另一方面，在2003年和2004年这两年的金秋十月里，杉杉服装在宁波国际服装节上，连续成功地组织了两次专馆，在宁波国际会展中心中轴线上的4号馆，杉杉服装展示了从正装到休闲装、户外运动装、童装、孕婴装以及女时装等一系列品牌，5000平方米的展厅琳琅满目，并在厅外宽畅的内庭里展示了杉杉在中国服装界的"十二个第一"，其组织的缜密、品位的高雅、气度的大方、展示的专业，都赢得了业内外的一致好评。这为参展北京打下了扎实的实战基础。于是，就有了三晋9号馆的佳话。

第一年（2005）展示

2004年3月的北京冬雪尚未化尽，北京国际展览中心

的9号馆却热火朝天。那一年来自全国各地的参展商都用不解的目光不断探询着成形中的9号馆，人们对于这里标识醒目的"杉杉专馆"四个大字表示怀疑，因为在历届中国国际服装博览会上，从来没有哪一家企业开辟过专馆，这毕竟是中国最大的服装业盛会，能参加已经算是跻身中国前沿品牌之列，谁有这个实力敢于独领风骚？回归后的香港特区政府的贸发局倾全港服装之力才包下了杉杉专馆边上的10号馆，成为与杉杉对垒的地区性专馆。

近500米的红地毯从主入口直铺到专馆具有象征意义的大红门，在5000平方米的展厅内，杉杉只展出了一半的品牌，但是"花色品种"显然经过精心选择。以核心品牌杉杉和国际品牌成功代表玛珂·爱萨尼（Marco Azzali）为轴心，国际品牌集中了瑞诺玛（Renoma Paris）、卡拉威（Callaway Golf）、万星威（Munsingwear）、乐卡克（Le Coq Sportif），原创品牌集中了杉杉女装、卡莎迪娅、玫瑰黛薇、菲荷、马基堡、意丹奴，以动静结合的方式布置。在前展屏后的内庭里，有一个大型的T台，每半小时一次，把杉杉服装家族的所有品牌鱼贯地演绎一遍。这是国际品牌与原创品牌相映成辉的交响曲，是杉杉服装美的大合唱。

28日上午的专馆开幕式在整个服博会上掀起了一个高潮。全国政协副主席郝建秀、中国服装协会会长杜钰洲等领导出席了开幕式，杉杉集团战略合作伙伴日本伊藤忠株式会社也专门

派出了代表团，当杉杉服装的形象代言人、奥运田径冠军刘翔出现在开幕式主席台的时候，全场的气氛达到了顶峰。刘翔说："我的人生几乎伴着杉杉同时成长，我喜欢杉杉。"花炮在开幕式的上空炸开了五彩缤纷的图案，无数照相机的闪光灯在专馆的四周熠熠生辉，摄像机的镜头疯狂地摇晃着，为了杉杉的时尚，为了刘翔，也为了精彩而专业的布展。

配合这一次展示，杉杉控股在人民大会堂的新闻发布厅举办了杉杉集团"多品牌、国际化"历程新闻发布会。600多名中外记者云集一堂，杉杉控股董事局主席郑永刚向新闻界阐述了中国服装的一个崭新概念——多品牌、国际化的道路，这在各经济类和时尚类报刊上掀起了轩然大波。当时的业内没有多少人真正理解杉杉的宣言，这正如以往杉杉每一次的新宣言，业内肯定要到一年后才姗姗跟进。这一次也一样，杉杉为中国服装提供了2004年的兴奋点。

次日 杉杉服装公司举办了大型时装秀：杉杉集团首席设计师武学凯的《衣舞诗·成品男人》，以艺术的形式阐述了2004－2005年杉杉冬春装发布会的全部主张。这次以服装与诗意、舞蹈和现场视频切割组装技术的结合，把武学凯所预测的当年冬春中国男装的流行趋势，演化为"壮如山"、"谐如茶"、"逸如水"、"烈如火"四种风格，取得了别具一格的表演效果。本次表演由中央戏剧学院导演系教师罗宇执导，并以中央电视台导演王勇为电视导演。

第二年（2006）展示

依旧是3月28日的北京国际展览中心的9号馆，依旧是杉杉专馆的形式。一年以后的杉杉服装故地重游。一年下来，杉杉服装"多品牌、国际化"的实践更为成熟，也有了新的发展。于是，这一次展示上，展馆中心位置重点推出了新注册的杉杉延伸副牌ShanShan·Sport和新引进的国际品牌鲁彼昂姆（Lubiam）。这次的展馆没有了场内秀场，却在空间布置上更注重风格化的处理。作为来自上海的时尚品牌群，专馆的展厅以"新天地"为创意母题，厅中间专设了一块公众的"露天咖啡厅"，就像众星捧月，周边是一间间布置精到的品牌屋。左边依次是很有份量感的国际品牌瑞诺玛（Renoma Paris）、玛珂·爱萨尼（Marco Azzali）、卡拉威（Callaway Golf）、万星威（Munsingwear）、乐卡克（Le Coq Sportif），右边依次是原创品牌中的卡莎迪娅、玫瑰黛薇、杉杉女装、菲荷和核心品牌杉杉，北边又安排了活跃的意丹奴、马基堡和杉杉牛仔。在阵阵咖啡香味中，钢琴为展厅铺垫了一层淡淡的浪漫背景，这时候，人们会从那些华灯绽放的品牌屋里，深深地体味到淮海路般的海派时尚，一种国际的华

贵与本土的时尚结合起来的美。什么是"多品牌、国际化"？当杉杉再次演绎它的内涵的时候，中国的服装界开始明白了，许多品牌也跟着模仿。郑永刚再一次成了京城媒体追逐的时尚人物。

ShanShan·Sport假座经典的郡王府举办了自己的推介酒会。这是一次雅致与时尚的联谊，当年王谢堂前传统味十足的内庭完全被现代传媒的手段错乱了时空。北京电视台的当红主持张泓把气氛调动得热烈而得体。而在这次时尚联谊中，杉杉安排了自己的一位新朋友——中国橄榄球队与大家见面。橄榄球是运动中最时尚的项目之一，而中国橄榄球又是国家最年轻的球队之一，ShanShan·Sport作为这个球队的队服指定设计人，把自己对运动与时尚的理解衍化为一种当时就让全场啧啧称赞的运动队服，为这支年轻的国家队的第一次出征国际球场大壮行色。

第三年（2007）展示

还是北京国际展览中心的9号馆，时间改为3月18日，也还是杉杉专馆的形式，杉杉服装又故地重游。一而再、再而三的"专馆"令中国服装界瞩目。这一次是"主题回

归″，主要演绎的是核心品牌″杉杉″复兴的传奇。上一年，核心品牌″杉杉″的业绩，不论是市场份额，还是产值、销售、利润，指标都漂亮地翻了一番。杉杉人解释说：″多品牌、国际化″使核心品牌得到了一次脱胎换骨的锤炼。

9号馆延伸了去年″时尚广场″的风格，并且吸收了″罗马长廊″的元素，使专馆看起来更为精致。本次专馆还设立了新闻中心，向中外记者直接演绎杉杉的故事。参加这年展示的国际品牌有瑞诺玛(Renoma Paris)、玛珂·爱萨尼(Marco Azzali)、卡拉威(Callaway Golf)、万星威(Munsingwear)、乐卡克(Le Coq Sportif)和鲁彼昂姆(Lubiam)，原创品牌则有卡莎迪娅、玫瑰黛薇、杉杉女装、意丹奴和马基堡。刚刚加盟杉杉国际品牌行列的韩国品牌Qua第一次在这个中国的服装盛会亮相，兴高采烈的韩国伙伴专程带来了韩国的影视明星为开幕式助兴。作为热情的回应，乐卡克推出了特约试装活动，而中国的影视明星范冰冰也前来捧场。

第三年的杉杉专馆表现了明晰的趋势性，那就是″对前两次杉杉专馆所展示的′多品牌，国际化′理念的深入和总结，强调杉杉服装正在核心品牌稳定发展中展开的′多品牌，国际化′的可行性实践，并向业内外肯定地回答′杉杉的核心品牌依旧强大，而且更加精′的说法，从而体现杉杉集团作为中国服装业领军企业的新形象,进而呈现′核心品牌明星化; 品牌形象目录化; 场馆氛围情景化; 主要展位新品化; 同牌组合系列化′的特色″。

经过一年运作的ShanShan·Sport已经可以独立运作时尚秀，作为代表中国服装界对′08奥运会作出的热情回响，在中国服装协会的主张下，ShanShan·Sport在前两年杉杉秀的基础上确立了接力主题″生命在运动着——杉杉07/08中国男装流行趋势发布″，从″奥运的时尚，时尚的奥运″切入，展示07/08中国将红火的流行主题：运动休闲。

连续三年　北京国际展览中心9号馆的杉杉专馆，总体上完成了如下的基本任务：为中国服装服饰博览会探索″主题化″运作模式；为中国服装业展示杉杉″多品牌、国际化″运作的产业成果；通过系列主题的展开，全面反映杉杉对中国服装的理解、展望和新的理念。

我把这次巡演看做一个事件，一个发生在 20 世纪中国服装发展史上的历史事件。其实中国服装飞速发展也就这十几年，这十几年中，如此敢作敢为的服装企业，如此敢下大手笔为中国服装振兴作贡献的企业，唯有杉杉。

前品牌时代

品牌时代

多品牌时代

多品牌、国际化时代

17

杉杉：
不是我，是风

关键词：巡回演出、15·23、模特阵容、
两千万元、时尚之风

"来一次巡回表演怎么样？"

　　杉杉集团每年都要举办产品订货会和时装发布会，这也是国际品牌运作的惯例。为此，设计师每年都要像小学生完成作业一样，不断地创新设计。1998年，郑永刚总裁忽发奇想："我们把这次发布会搞成一次全国巡回演出怎么样？"因为杉杉每年都要投放大量媒体广告，一句"杉杉西服，不要太潇洒"喊了这么多年，有点烦。而全国对时尚的渴望这么强烈，却很难看到大型服装表演。

　　"我们花费大量人力物力搞发布，如果只在北京、上海等几个大城市演一下，有点可惜。搞一次全国巡回表演，也算是对中国服装业的贡献。"三言两语间，郑永刚就决定了后来对中国服装业发展影响深远的一件大事。

名出有典

　　杉杉引进设计师后的第一次发布会叫"走进东方"，第二次总不能叫"走出国门"吧！分管企划宣传的副总裁王仁定提出，英国著名作家劳伦斯夫人有本回忆录，名字叫《不是我，是风》，用于巡回发布会很贴切、也很有意味。大家当时就拍手叫绝。

"风"是什么？"不是我，是风"，这是一个充满哲理的命题。想想看，谁在改变世界？不是我，是风。时尚更是"风"。二十多年前，因为众所周知的原因，挡住了"风"的流动和传播，中国人不知"时装"为何物。遍地"蓝蚂蚁"、满街"灰蟑螂"，偶有"来样加工"、"外贸尾巴"、"香港款式"，甚至"传统旗袍"，都能引来一番激动、谓叹和奔走相告。中国第一批百万富翁大都跟"倒卖服装"沾边儿，足见那时大众对"时尚"的饥渴程度。而当下，世界时尚之风已经吹进国门，可中国幅员辽阔，风力不足，内地与沿海、专业人士与普通民众差距很大。

这场在杉杉服装发展史上空前的巡回发布，每到一地都有记者提问：为什么用这么个名字？不是我，不是设计师，甚至不是杉杉，而是时尚。因为这场发布会，完全与当今国际时尚接轨。杉杉人希望这场巡回发布，像春风一样吹皱一池春水。

过十五"关"，"斩"二十三"将"

"不是我，是风"于1998年4月17日在北京国际服装博览会上首演两场，之后，"风"从北来，直刮到南。先后在哈尔滨、沈阳、石家庄、济南、郑州、西安、南京、成都、宁波、武汉、长沙、合肥、香港演出，最后，于1999年2月8日在上海落下帷幕。

这次巡回发布表演共演出23场，在其中的8个城市进行了电视现场直播，有些城市由于前期大规模宣传的铺垫，引起广大市民的期待。在长沙选择演出场地时，由于事先预设的观摩票实在分不过来，而且大大超出预计，最后将发布现场改到贺龙体育馆。舞台设计也创下了时装发布的中国之最。在四种设计方案中，选择了一种带转台的，以求变化。T型台上有一面巨大的背景板，6米高，2米长，7.5米宽，正反两面有门，可转动，底盘是一个电机转盘。由于体育馆特殊的场地，舞台被成倍放大，最后制成一个30米宽，35米长，主台高1.6米，呈"工"字型，与通常十来米长的T型台相比，简直是恐龙比马鹿，这可能是中国时装表演最大的舞台了。为遮挡台后的座椅和聚拢光线，仅黑色背景幕布就用了4000米！而且仅供一小时表演之用。演出当晚，门外无法入场的观众因聚集太多，造成拥挤，结果观众挤破

了体育馆的玻璃大门，现场不得不调来武警维持秩序，才保证了演出的顺利进行。很多城市演出当晚，由于现场一票难求，大多在家看电视，几乎可说万人空巷。事后接连不断的持续报道，更使时尚之风在神州大地劲吹。

宣传部长以记者身份参加新闻发布会

"不是我，是风"每到一处，都要专门举行两场新闻发布会。一场是提前一周至半个月的吹风会，另一场则在演出当天开演前一小时举行。杉杉集团总裁、总策划、设计师、模特形象代表到场与媒体交流。

两次发布会基本囊括了当地和各地驻当地的主要新闻媒体，通常都有30 - 50家。对传媒来讲，这是送上门的非常特别而难遇的新闻，他们自然会产生极大的兴趣。在郑州，有7个报社的总编辑、副总编辑参加了新闻发布会，这是从未有过的；在西安，举办的是赈灾义演，更加引人注目，有十五家报社、电台、电视台的领导到现场；在合肥，时任省委宣传部副部长的陈发仁不但参加了新闻发布会，还坐在普通记者席位上以普通记者的身份提问；在石家庄、济南、南京等城市，新闻发布会上记者们提问踊跃，几次延时都结束不了。

沈阳、济南、南京、郑州、西安、合肥……这些城市的传媒都留足了版面和频道，宣传这次发布会。南京电视台的记者在

采访时说:"我们亲眼看到我们台旁的一家服装厂是怎样由盛转衰的,我们也非常想知道杉杉是怎样由小到大的……"

在长沙,有两位来自法国的著名时装记者卡伦女士和布鲁诺先生,他们怀着复杂的心情专程前来,想看看东方时尚能达到何种程度,号称"中国第一"的服装企业,能搞出什么名堂。

演出结束,这两位老外记者按捺不住激动大声感叹:"你们的发布会比法国所有时装发布会的时间都要长得多,场地大得多!""非常精彩!""这么大场地,这么多模特,这么多服装,在世界上很少见。""在法国,发布会一般20分钟,你们要60分钟,但不觉得时间长,因为充满创意和变化,很好看。""还要在中国巡回演出,太不可思议了!""我们从你们的发布会中看到中国服装业发展速度是惊人的,想象不到啊!"

模特"大观园"

"不是我,是风"巡回发布表演的模特是中国最顶尖的。他们来自祖国各地,中国当时前五届超模大赛冠军,除首届的叶继红退役之外,后四届的陈娟红、周军、谢东娜、

路易都参加了演出。另有一线名模如马艳丽、包海青、罗锦婷、刘英慧、郭桦、王敏、于雅男、蒋薇薇、刘辽辽、庄敏、姚书轶、陶嘉菁、杨鸿伟、张璐、陆艳、董丽、郭佳岚,以及优秀男模如胡兵、胡东、程俊、雷利、徐冲、张巍、穆江、王辉、范涛等,可谓群星璀璨,在"风"中一展风采。

演出给模特提供了很多锻炼机会。比如,开场前,先由20名左右的模特代表与观众见面,每人对现场和电视机前的观众说一句话。他们往日是默默地展示服装,如今有了用各种方言表达自己感受的机会,尤其是在家乡演出的模特,更是"衣锦还乡",感到十分自豪。

中国模特事业已经发展到了很高水准,只是缺少欧美那种包装水平和传播力度,还缺少世界公认的国际名模。"不是我,是风"在香港演出时开始并没有引起特别关注,演出过程中,有位电视记者就坐不住了,用手提电话急召同行:"不来看,你会后悔的!"原因就是模特太吸引人了。一位记者戏言:"假如这些模特来香港安营,香港模特一定要失业了。"

模特中的代表人物陈娟红,已有十年

表演经历，舞台经验很丰富，对服装有独特的感悟。同样的服装，穿在她身上，给人的感觉就是不一样。她的表演风格是把高贵蕴在平和之中。马艳丽虽然没有那么长时间的表演经历，但上升很快，悟性很好。她有俊俏冷艳之美。当群模谢台聚集台上时，那风情万种、性感魅惑、流光溢彩、美妙绝伦扑面而来，人连呼吸都很困难。

耗资两千万，门票含金量千元，免费观摩

"不是我，是风"总投资两千万元，占杉杉集团当年广告费用的四分之一。服装面料全部进口，最贵的要3000元一码！正式演出时，服装用得最多的一场是248套（上海），没有用上的衣服，也足够再另行发布一场时装秀。

每到一地，租场地、搭台、舞台制作、模特排练、运输保管、广告宣传、票务……大约200人要忙碌7 - 10天，耗资近百万。

演出的音乐、灯光、幻灯片、宣传广告、票务，甚至礼品袋的制作都与众不同。如果计算成本，千人剧场的每张门票的含金量得超过千元，却没有卖一张票，每个观众还能免费获得图书、画册、光盘和印刷精美的节目单。演出全部在当地最好的酒店或剧场举办，观众踩着红地毯入场，满眼鲜花、

盈耳琴声，规模小些的演出还提供红葡萄酒和饮料。

如果说这次演出是一次巨大的资金堆积的话，却又令人不得不望"风"兴叹。五年前，香港一位著名企业家，挟意大利五大名牌之资金，欲在中国搞时装巡回展示。先北京王府饭店，后大连富丽华酒店，刚走了两站，便忙不迭地取消了后面的计划。"模特大篷车"实难伺候。最后，这位咬了一口"螃蟹"还没有碰到肉的人丢下一句："十年之内，中国没有时尚！"所以，这样的巡演要依赖于综合实力，不是靠金钱就能做到的。

"不是风，是我"

各地有幸观赏到这场发布会的观众，也都表现出极大的兴奋，不吝溢美之词"十分精彩！""美轮美奂！""从没有见过的辉煌！""具有强烈的震撼感！""达到了最高境界！"有的干脆在留言簿上写道："国人有希望！"

在沈阳，演出结束第二天，有家商店在门口放置了一个巨大的广告牌，上面写道："不是风，是我！"原来，这个商家在利用演出搞促销。多么聪明！这也说明了这次演出的社会效应。

在郑州，一位姓蔡的先生说："以前，我觉得杉杉是个普通名牌，今后，须对它仰视

才行！"这句话出自一位普通的消费者，是杉杉最希望达到的目的。

哈尔滨演出当天，也是"杉杉·法涵诗"专卖店开业的日子。繁华的中央步行大道，人们蜂拥而来，"杉杉·法涵诗"第一天的销售额创记录地达到了七万多元。下班后，销售小姐竟累得坐在地上直不起腰。

旁观者清

杉杉此举当然众说纷纭。但怕说三道四，就什么也别干了。如果光为杉杉自己，完全不必如此"大兴土木"。况且1998年国内的经济状况并不好，杉杉仅赈灾物资就捐了1300万元。

旁观者清。演出在全国走过全程一半之后，在南京举办了一次意见征询会。九名专家、学者与会座谈。通过对演出的分析，苏州大学艺术学院副院长李超德先生最后的发言得到了大家认同。他说："我是研究艺术史的，所以从始至此，我把这次巡演看做一个事件，一个发生在20世纪中国服装发展史上的历史事件。其实中国服装飞速发展也就这十几年，这十几年中，如此敢作敢为的服装企业，如此敢下大手笔为中国服装振兴作贡献的企业，唯有杉杉。此次全国巡演实实在在地为中国服装留下了一个深刻的印记。单纯就表演而言，在国内是一流的，大量的投入和操作在当下是绝无仅有，对今后中国服装的发展有很大的启发性。它的意义还在于把中国的时尚之风吹进众多消费者的心扉。"

在武汉演出后，被称做"汉派"服装领袖人物的太和集团总经理丁凤兰女士按捺不住激动说道："我们感激杉杉集团对中国服装创名牌的推动。中国需要名牌，但中国的名牌都像快餐一样，是速成的，想要得到国际承认，很难。中国服装加工没有问题，关键是品牌的含金量太低。名牌是个系统工程，杉杉为我们树立了榜样。"

时至今日，这场巡演已经过去十年多了，但在中国服装界说起此事，人们还是记忆犹新、津津乐道。

18

天一夜宴

关键词: 第三届服装节、范钦、南国书城、江南园林、实景发布

1999年秋，宁波迎来了第三届国际服装节。此时，宁波这个服装之都已经吸引了国际、国内服装界的目光。服装节既成了海内外服装企业和品牌交流合作的平台，又是宁波这个汇集诸多名牌服装企业的城市展示自身的机会。

杉杉如何亮相，人们充满了期待。

除了常规的场馆布展，人们最想看到杉杉每年一场夺人眼球的时装秀。1997年，"走进东方"气势宏大，服装精美，主题突出；1998年的"不是我，是风"创意独特、规模空前。而且已经横扫神州十几个中心城市，吊足了观众的胃口，把杉杉自己也逼到了绝境。但杉杉从来就是创新者，是中国服装业的领跑人！敢为天下先、不断挑战、不断创新永远是杉杉企业精神的内核。那么，1999年是什么？

舞台发布的形式对杉杉而言已经登峰造极，如何另辟蹊径，别具一格……杉杉的企划部和设计师进行了一次又一次的"脑力激荡"。

"搞一场实景发布！"灵光一闪，顿时思如潮涌。当杉杉将此构想传递到服装节组委会和宁波市政府那里，立即

得到积极的回应：地点任选，条件任开，只要精彩，市里全力支持！

曾经设想在宁波最具代表性的建筑——灵桥和最繁华的商业街——中山东路，举办杉杉的时装秀。但在这样的场地搞发布，涉及到交通管制，而时装发布的舞台搭建需要周期，如此会给市区通行造成诸多不便，表演现场的可控性也成问题，就算发布秀做得再成功，也不可避免地会带来褒贬不一的争议，甚至是更多的负面社会影响。这自然有悖服装节欢乐祥和的主旨。

最后，杉杉把目光聚焦在市中心风光旖旎的月湖边上的南国书城——天一阁。

天一阁，何许地也？作家周时奋先生在《谁知天一阁》中这样写道：

……

天一阁，谁知你存在的意义，谁又知你存在的艰难呢？

自宋明以来，宁波向有藏书甲于东南之誉。……但是，除了天一阁，其余都已荡然无存，……"君子之泽，五世而斩"。金玉宝玩、巍楼良田尚且流散分崩，何况区区黄卷？天一阁却是一个文化奇迹。……

……如何使藏书名楼永不萎谢。种种努力同归于悲剧性的结局。哪怕有一个人作出突破，便是对中国文化作出一项了不起的贡献。

范钦应运而生。范钦自明嘉靖十年中进士起政绩遍布各地，……最后官至兵部右侍郎。有此条件，搜罗数万本书籍算不上杰出成就。范钦的贡献在于他弥留之际作出的那一项堪称极端的决定。80岁的老人把大儿子和二儿媳招到病榻之前，出了这样一个难题，他把全部遗产分作两份，一份是万辆白银，一份是一楼藏书，前者即可享用，后者绝禁变卖损失，并立下"代不分书，书不出阁"的家训。权力与义务竟作了如此不近人情的分割。……大儿子范大冲毅然选择了书楼，并拨出自己的部分良田充作藏书楼的保养费用。范钦和他的家族接过了藏书之后的全部历史使命，开始了悲壮的、没完没了的责任接力。

……

……清嘉庆年间，宁波知府丘铁卿的内侄女钱秀芸为了能看到天一阁的秘藏，任嫁给范家的其中一个子孙。一个酷爱诗书的才女，竟以爱情和婚姻为代价去换取读书的权利，……但她万万没有想到，即使是范氏的媳妇仍不能登楼阅读，钱秀芸至死没有看到天一阁的任何书籍。……

我们不禁发问：范氏的藏书还有什么意义？范氏已经作出了回答。1673 年，大学者黄宗羲提出了登楼看书的要求，竟得到了范氏各房的一致同意。……这就是真正藏书家族辉煌的文化品格，天一阁的藏书早已摆脱了家族私有观的局限，他们为中国、为历史而收藏。于是，当乾隆决定编印《四库全书》时，天一阁立刻进呈珍贵古籍 600 余种，……

……

看不到古籍，天一阁仍不失前往的意义。天一阁是一座纪念碑，它凝聚着范氏家族和其他许多文化家族的心灵史。那苍老的屋宇、那幽雅的庭园，无处不渗入炽热的历史情感，让每一个游览者同样阅读到一种高尚的文化良知和文化人格，提醒站在历史与未来的接合部的人们记住自己的责任。

天一阁本身是一本打开的大书。

这就是天一阁，一个中国文明历程中的文化符号！

范钦取"天一生水，六地成之"之说，以水制火之义，建筑书楼。楼上一大间，楼下成六间，并命为天一阁，阁前凿池蓄水以防火。清康熙四年（1665 年），范钦曾孙范光文又在阁前叠山理水，构筑园林。园林以"福、禄、寿"作总体造型，用山石堆成九狮一象等景点，其间树木苍翠，修竹婆娑，风物清丽，格调高雅，别具江南庭院式园林之特色。

在这样的地方发布时装秀，可谓吮历史文化之精髓，呈现代时尚之风姿，真乃"四美俱，二难并"。

服装节组委会得知这一消息，马上感觉到杉杉又要出彩了，并将给整个服装节抹上最亮的光色，兴奋不已。但因天一阁是国务院批准的国家级文物保护单位，搞这样的时尚发布会还是头一遭，组委会心中也没底。他们专门向市政府汇报，市委、市政府最高领导在听取汇报后也十分高兴，立即同意。

天一阁西苑，长廊曲曲，幽径弯弯，石山叠叠，绿树郁郁。经过近一个星期的布置，在西苑中央的水池里搭起一个能容纳几十人表演的圆型舞台,舞台灯隐设在林木间,除却模特走台的路径外,其余场地都放置观众的座席。暮色初染之际,已显神秘,甚或诡异气氛,这正是策划者所要的效果。表演尚未开幕,已是"转轴拨弦三两声,未成曲调先有情"了。

是夜,幕色如漆,帷幕初启,迷离炫目的灯光映照着南国书城秀丽的园林,被命名为"天一夜宴"的杉杉时装发布会开始了。身着白色薄纱的模特飘逸而来,一个又一个,散发着不可言传的媚惑气息,穿梭于假山、修竹、秀木间,步移景换,美妙绝伦。

当第五届中国模特大赛冠军路易来到波光粼粼、一池秋水的舞台中央,摄人心魄的音乐响起,干冰制出的白色烟雾弥散水面上,景象如梦似幻。路易的一段芭蕾长袖飘逸婀娜,搅起脚底烟雾,雾随风动,观众屏气静息,如痴似醉,如在仙境。

"太精彩了!"

"太美妙了!"

"杉杉创造了经典!"

演出结束后,包括香港凤凰卫视、中央电视台在内的众多媒体抢镜采访,纷纷报道。

"天一夜宴"时装发布会有不少有趣的插曲。

插曲一:武警布防。因天一阁是全国文物保护单位,为绝对保证安全,在灯光布电的路线上每米站立一位武警,以防止观众不慎踩裂电线,造成可能的危情。但恐众多武警穿着统一的制服会让发布会现场有紧张的气氛,因此,一律着便装。

插曲二:"天一夜宴"发布会的一部分请柬通过组委会发送到每个区县,一位局级干部收到请柬,一看"天一夜宴",以为有饭吃,空着肚子前来,结果眼睛饱了,肚子却"咕咕"叫,事后埋怨道,不是说"夜宴"吗?

许多年后,当中国服装界人士、媒体朋友和宁波观众说到"天一夜宴"时装发布会,还是津津乐道、记忆犹新:那是一场充满诗情画意、媚惑灵异之味的时装表演,是杉杉服装发布史、甚至中国时装发布史上的经典之作。

19 设计师原创品牌

关键词：品牌孵化工程、设计师、多品牌

对于"多品牌"战略的追求是杉杉一以贯之的理想，因为在杉杉的理解中，时尚经营的是品牌。与核心品牌的延伸和跟国际品牌合作的同时，杉杉又苦心经营了"品牌孵化工程"，其中之一的手法，就是支持设计师的风格强化和包装，使之品牌化。玫瑰黛薇这个品牌就是其中的成功者。

玫瑰黛薇（Rosew）

这一品牌可以理解为著名女设计师刘薇的纯个人化风格的作品。刘薇是中国十佳设计师的荣膺者，中国服装设计师协会理事、时装艺术委员会委员。2002年4月，刘薇联合海外及中国知名设计师在国内注册"玫瑰黛薇（Rosew）"品牌并成立北京玫瑰黛薇服饰设计有限公司。怀着对杉杉的景仰，于2003年10月带着品牌加盟杉杉，在同年11月的北京中国国际时装周上，以杉杉—玫瑰黛薇的名义举办了"守望家园"高级时装发布会，玫瑰黛薇首次登顶中国时尚舞台。次年3月，杉杉集团正式成立北京杉杉玫瑰黛薇服装有限公司，进入中国时尚版图。2005年12月，玫瑰黛薇获年度中国最佳女装成衣大奖。

作为主设计师的刘薇，她把这一品牌诠释为"时尚家族

年轻的姊妹花"，即"用灵巧的双手所缝绘出的一朵朵绚烂的服饰奇葩"。玫瑰黛薇的品牌风格是美丽、浪漫、优雅、经典；品牌定位于"面对时尚、阳光、健康的现代女性"；产品强调以清新自然的麻、棉、丝、毛等天然面料为主，设计理念强调在高贵优美的款型上又增添了"三S"概念，即简练（Single）、性感（Sexy）和修长（Slender）。在时尚而便于穿着的前提下努力成为具有国际风范的高级女装。

郑永刚的信给了薄熙来部长极大的灵感,于是国家商务部决定偕杉杉等七大中国品牌,参加10月23日举行的"米兰·中国日"活动。商务部把这次活动定位为"中国品牌万里行——海外行"的重要组成部分,这就使活动上升为政府行为。

ﷻ 前品牌时代

ﷻ 品牌时代

ﷻ 多品牌时代

ﷻ 多品牌、国际化时代

玛珂·爱萨尼

关键词：进军国际化号角、多品牌、国际化、意大利法拉奥

　　玛珂·爱萨尼（Marco Azzali）在杉杉"多品牌、国际化"战略中，有着十分特殊的地位和意义。当1998年底杉杉总部移师上海浦东后，一种源于对中国时尚产业的深刻洞察的战略判断，使杉杉领袖郑永刚毅然采取"多品牌、国际化"的策略。而玛珂·爱萨尼，正是这个战略实施的第一个成功的切入点。也即是说，玛珂·爱萨尼吹响了杉杉进军国际化的号角。

　　玛珂·爱萨尼是意大利法拉奥（Gruppo Forall）旗下的著名男装品牌之一，自1986年1月在意大利佛罗伦萨举行的Pitti Uomo时装展上正式亮相，迄今已有近17年的历史。玛珂·爱萨尼系列产品的设计秉承了法拉奥集团顶尖品牌的传统风格。它沉淀出的"休闲"与"时尚"在世界范围内引领着现代男士独特的着装价值观。

　　玛珂·爱萨尼品牌来到中国前，主要在远东、中东、北美和欧洲等市场销售。杉杉企业通过日本伊藤忠商事株式会社的中介作用和积极参与，与意大利法拉奥集团达成了上述三家合

作的成果，2001年9月创建了宁波杰艾希服装有限公司，并正式获得法拉奥集团的授权，获许在除欧洲市场以外的区域生产和销售玛珂·爱萨尼品牌。2002年，玛珂·爱萨尼以精确的市场定位和领导潮流的产品，以服装为载体，像一位统领流行的旗手、一座象征品质的巅峰，在中国各大城市传播与世界同步的时尚着装概念，不断赢得国内消费者的青睐。

　　玛珂·爱萨尼品牌专为时尚人士提供完美的着装方案，为注重细节、崇尚自由、热爱时尚的人士增添魅力，更为人们创造了一种时尚、休闲、和谐的生活方式。品牌的设计提倡摆脱传统，全新诠释优雅时髦、内涵、简约、时尚与原创精神、不附和潮流，不刻意表达自己，从整体到每一个小细节都做到尽善尽美。凭借其在服装面料、版型和款式上的独特竞争优势，以其卓越的品质与完善的公司经营策略，承袭法拉奥集团生产技术秘籍与国际关系。

　　自玛珂·爱萨尼(Marco Azzali)品牌开始，杉杉企业与日本伊藤忠商事株式会社、日本迪桑特株式会社、日本三永国际株式会社、意大利法拉奥集团公司等多家国际品牌公司合作，成立了五家中外合资公司，拥有了玛珂·爱萨尼 (Marco Azzali)、莎喜 (Sasch)、乐卡克 (Le Coq Sportif)、卡拉威 (Callaway Golf)、Pinky&Dianne、瑞诺玛 (Renoma Paris)、万星威 (Munsingwear)、鲁彼昂姆 (Lubiam)、Qua 等九个国际品牌在中国地区的商标独家许可权或经营代理权，初步形成国际品牌的信息渠道和网络架构。这就为杉杉企业在2006－2010年间引进或代理10－12个国际消费品品牌，并从服装延伸到包括珠宝、香水、化妆品等其他时尚消费品，操作模式从直接经营和独家授权代理向共同开发经营和二级授权运作方向发展的规划，为再经过6－7年的努力，在中国树立起一流品牌运作和管理公司的龙头地位及权威形象，奠定了坚实的基础。

20

21 劳伦斯·克莱因

关键词：杉杉服装、诺贝尔、劳伦斯·克莱因

这是诺贝尔经济学奖获得者与杉杉的一段缘分，一次不经意的邂逅成就了一段佳话。

2003年11月6日，在珠海度假村千禧宫，中国政府召开世界经济发展宣言大会暨中国企业高峰会。会议决定在开幕仪式上，宣读第一次由中国倡导、组织和发表的世界性的《经济发展宣言》（后称《珠海宣言》），这确实是一件大事。在筛选了诸多的宣读者人选之后，最后大会的组织者把目光停留在劳伦斯·克莱因身上。

劳伦斯·克莱因（Lawrence Klein），世界计量经济模型的创建人，1980年诺贝尔经济学奖获得者。他以公认的经济学说为基础，根据对现实经济中实际数据所作的经验性估算，建立经济体制的数学模型，并用其分析经济波动和经济政策，预测经济趋势。他的理论和经济模型，在对包括发展中经济、中央计划经济和工业市场经济，以及这些经济的国际贸易和金融关系都作出了举世公认的贡献。他的成就主要有"克莱因—文德伯格模型"、"布鲁金斯模型"、"沃顿模型"和"世界模型"。

克莱因教授欣然接受中国政府的邀请。兴冲冲的他在开幕式的头天赶到珠海后才想起，明天宣读如此重要的宣言，他将穿什么样的服装去完成？因为来得太匆忙，教授显然不满

意自己随身的着装，他认为参加这样的大会必须穿得体面且符合他的身份。

教授趁着夜色悄悄地溜到珠海的闹市，用他判断经济数据的准确目光开始满大街寻找适合他在正式场合穿着的礼服。他的目光从一排排服装厨窗前面溜过，从琳琅满目的商场服装柜台前溜过，左看右看都不满意。这时候，他忽然发现了一套西服，不由得眼睛一亮：这可是穿得出去的服装。克莱因教授高兴了，立刻走进门店选了一套，一试穿，不但合身，而且更衬托出他作为一位著名学者的形象。

"好，就这套。"他说，"什么牌子的？"

"Firs。"有人告诉他。

"Firs？"教授又问，"哪个国家的产品？"

"中国的，Made in China。"

"太好了，这就是中国经济质量的明证。"教授十分高兴，"明天我穿Firs，那就更合适了。"

Firs，就是杉杉。

第二天，当身着杉杉服装的诺贝尔经济学奖获得者劳伦斯·克莱因教授走上主席台时，全场响起了热烈的掌声。人们发现教授比往日精神，但都不知道其中的缘由。

教授用他洪钟般的声音，宣读了著名的《世界经济发展宣言》，来自世界各国的政府高官、知名人士和企业巨子共同倾听了这个来自中国的智慧之声。宣言的主题是"平等、诚信、合作、发展"。杉杉集团总裁郑永刚应邀出席了这次大会，他意外地发现了自己工作的另一种价值，一种通过一件衣服让人发现国家经济成就的价值。满怀自信的郑永刚在本次大会的"世界经济发展与企业信用论坛"上作了主题发言，他也穿着Firs。

克莱因教授着中国服装宣读《宣言》一事在业界传为美谈，《新民晚报》、《消费圈报》、《宁波日报》、《珠江晚报》、《东南商报》等北京、上海、珠海、宁波等地的媒体争相对此事进行了报道。11月7日，克莱因教授在接受中央电视台记者采访中被问及穿着中国品牌服装的感受时，他风趣地回答："吴仪副总理和蒙代尔先生都夸我很帅！"

大公鸡、P&D

关键词：多品牌、国际化、打包式、国际品牌

玛珂·爱萨尼的成功，无疑为杉杉的"多品牌、国际化"的战略提供了信心与经验，也标志着杉杉在国际间的品牌合作与运作国际品牌的商业技术的成熟。以下的一系列品牌引进，基本上采取的都是"玛珂·爱萨尼模式"，即以杉杉企业，与国际品牌公司进行资金和技术的合作，在国际品牌的标准化要求和流程的控制下，由杉杉独立地组织设计、生产、营销和进行品牌维护。2004年前后，杉杉"打包式"地引进了如下的国际品牌：

乐卡克（Le Coq Sportif）

目前的中国市场戏称它为"大公鸡"，因为它把一个正三角形和一只引吭高歌的高卢雄鸡的剪影作为它的商标。其实人们早已在世界杯足球赛的绿茵场上看到过它的经典形象，法国国家足球队的队服就是由乐卡克品牌制作的。

这一品牌在1882年由创始人艾米鲁·卡米哲先生创于法国的洛米里·希鲁塞。最初作为竞技运动衫，以针织服装为主，1948年启用法国的"国鸡"大公鸡作为商标，自此公鸡的标志在法国落地生根，并成为法国民

族的精神象征。运动员穿上"大公鸡",代表尊严、坚毅及勇气,于是法国各个体育项目的国家队都把乐卡克品牌服装作为国家队队服,不断出现在法国联赛、奥运会、世界杯足球赛以及法国网球公开赛等大型赛事上。乐卡克品牌服装凭借其夺目的"大公鸡"形象很快在欧洲声名大噪,并迅速风靡全球。1981年乐卡克在日本正式启动,并全面铺开市场网络,经过在亚太地区的长时间发展,乐卡克足迹已遍布日本、韩国、泰国、新加坡和中国的台湾、香港等地,并赢得了当地时尚年轻男女的广泛认可和追捧。

2004年杉杉与乐卡克公司合作,当年春天第一家店成功地在宁波新世界百货有限公司落户,继而在上海、重庆、武汉、无锡等地设立专柜,这一具有悠久历史和卓尔不凡理念的品牌立刻在中国刮起了一股时尚的飓风。

乐卡克品牌以"欢乐体育运动,幸福生活方式(happy sports! happy style!)"为品牌理念。目前杉杉经营的乐卡克定义为"法国原创,东京韵味",其产品融合了法国的浪漫气息与日本的精致典雅,并以"把体育的竞技与休闲和生活方式相结合"作为品牌使命,为引领潮流者打造了广泛的个性化空间。其设计简洁,强调悠闲舒适,注重细节,结合时装特色,使运动服也变得有型有款。

乐卡克品牌的服务对象是具有自己生活方式和对最新流行事物有感知的青年男女,主要消费对象是18 – 35岁崇尚自然、休闲,热爱生活的时尚青年男女。

Pinky&Dianne （P&D）

　　漂亮女装Pinky&Dianne是日本三永国际贸易公司自行设计并创建的品牌,创于1981年,享有很高的知名度,2002 年的商品销售额在63 亿日元,是深受亚洲各界名流和年轻女士喜欢的时尚品牌,强调优雅和线条轮廓。Pinky&Dianne 以"酷而性感"为设计理念,最大限度地体现了女性顺畅的曲线美,让女性浑身散发性感的气息。

　　完美的设计配以一流的面料,近乎奢华的高品质将着装者的自身价值充分体现。Pinky&Dianne 在最新的设计中凝聚了更多成熟元素,最大特色就是将柔美、酷感、性感这三大流行特点进行了完美融合,既有展现线条优美、品质精良的都市风格和休闲风格服饰,又有保持优雅风格,融入流行要素的牛仔系列单品,同时兼有在原有系列产品的基础上追求更高质感、针对高层次需求的经典系列,为女性提供不同场合的最佳着装。

　　Pinky&Dianne 品牌针对20 － 27 岁,注重生活品质,喜欢时尚,有消费能力的白领阶层及其他走在时尚前沿的年轻女性。

　　以靓丽的姿态走进中国时尚女性视野的Pinky&Dianne,由杉杉企业与日本三永国际贸易公司共同建立的宁波莎艾时装有限公司经营,公司致力于为中国年轻白领女性塑造时尚、优雅和性感的气质,致力于给人们带来更多的惊喜。目前这个品牌在日本拥有71个专卖店。

23

瑞诺玛、鲁彼昂姆

关键词：国际成熟品牌、法国、意大利

　　之所以要把这两个国际品牌并列介绍，是因为这两个品牌在杉杉的品牌国际化的历程中，有着诸多的雷同。它们都是在杉杉运作国际品牌比较成熟阶段引进的品牌，同时又都是迅速获得中国消费者青睐的国际成熟品牌。

瑞诺玛（Renoma Paris）

　　这是法国具有浓郁艺术家气质的设计师Maurice Renoma（瑞诺玛）先生创立的服装品牌。从1963年开设第一家瑞诺玛系列产品专卖店——White House起，仅用八年时间，Maurice Renoma先生便跻身于巴黎顶级时装设计师的行列。而White House同时作为法国第一家播放背景音乐的店铺被载入法国服装史；并很快成为政坛及世界巨星聚集的地方。瑞诺玛品牌的主要服务对象是皇室贵族与明星，以及追求高品质生活的成功人士，它一贯体现时尚与品位，高贵与典雅。Renoma先生刻意地把他的公司总部选择在巴黎著名的香榭里舍大街上，反映了他想把自己的服装品牌做成法国浪漫气息象征的祈望。这种浪漫活泼的气质，多少会在Renoma先生自己的设计手稿中表达，他在自己的服装上常常并不安上一个漂亮帅哥的英俊容颜，而是一个俏皮劲十足的猫、狐狸或者獾猪的脑袋。

　　20世纪70年代初，瑞诺玛兄弟以授权的方式开发亚洲市场，他们在日本、韩国、新加坡和马来西亚的业务至今仍发展得十分顺利。2004年7月，杉杉股份有限公司、日本伊藤忠纤维贸易（中国）有限公司和伊藤忠商事株式会社三方合资经营，引入了这个法兰西的时尚品牌，成立宁波瑞诺玛服饰有限公司。杉杉股份有限公司以61％控股。

借助三大企业在商界的良好信誉，以及公司高级管理层对国际品牌代理的长期实践经验，瑞诺玛公司的经营迅速步入正轨。经过三年的努力，瑞诺玛在上海、武汉、沈阳、石家庄、哈尔滨等多个城市先后开设了近20家专卖店。依照法国精良的原产品品质，大胆借鉴意大利、日本的先进元素，瑞诺玛的产品和它那由法国设计师独特设计的店面风格，得到了各界人士的认同。

瑞诺玛的设计风格非常鲜明，它被业界称为"时尚与艺术"的先锋，强调"快乐与时尚"，它撷取了法国浪漫的风情、古典贵族风格的豪华和奢丽，又充分考虑穿着的时尚与舒适。瑞诺玛善于采用高品质的面料、流线的外形，并借助光与影的形式，在生硬的几何线条与柔和的身体曲线间巧妙过度。今天，瑞诺玛已经成为一个经典系列，

对顾客而言，瑞诺玛意味着一系列高质量的产品、时尚的设计、流线的外形、高贵时尚的面料以及更舒适更快乐的生活。

更舒适、更快乐的瑞诺玛时尚风格能得以最大限度的保持，应当归功于瑞诺玛公司高度专业的产品研发队伍对品质和风格近乎苛刻的追求。无论是产品的原料还是加工，均由欧洲知名厂商提供并紧密配合，从而保证瑞诺玛作为高端国际男装品牌的品质。

作为一家现代化国际高级服装品牌代理公司，宁波瑞诺玛服饰有限公司在设计、开发、销售、服务等各方面，均有更专业、对市场更能快速反应的团队来精心打造。在众多专业人员的共同努力下，瑞诺玛公司将会在中国长远发展。

鲁彼昂姆（Lubiam）

与源于巴黎的瑞诺玛不同的是，来自意大利的鲁彼昂姆有着更悠久的历史。鲁彼昂姆是意大利的经典品牌，1911年由Bianchi家族创建于意大利北部的曼图瓦市（Mantova）。鲁彼昂姆以纯粹、典雅的格调诠释男人高品质的生活，并以堪称完美的品

质、蕴含细节的手工著称于世。这个家族经营鲁彼昂姆至今已历时四代，不但代表纯正的意大利设计制造理念和工艺，产品遍及全球，而且第四代的Bianchi先生更被尊为意大利服装行业的领袖。

作为中国服装领军者和祈望锻造百年企业的杉杉，十分尊重鲁彼昂姆的历史，并对如下的细节留下了深刻的印象：

1911年 鲁彼昂姆，一家拥有40个裁缝的服装定制店的店主在曼图瓦市（Mantova）创建了鲁彼昂姆公司。

1929年 意大利首条西装工业化生产流水线在鲁彼昂姆诞生。

1936年 最初的工厂建造完成（部分目前仍在使用），鲁彼昂姆每周能生产600件服装，成为意大利第一家能为其客户提供成衣的工厂。

1960年 鲁彼昂姆被授予权威的"Globo d'oro（全球质量奖）"称号，成为意大利最好的服装工业企业。

1970年 鲁彼昂姆在伦敦和纽约开设了两家分公司，以便更有效地渗透英国和美国市场。鲁彼昂姆的主席 Edgardo Bianchi，成为佛罗伦萨首届"Pitti Uomo"秀的开创者之一。

鲁彼昂姆因其在出口市场上的业绩被意大利工业委员会授予 "Oscar d'oro" 奖。其当年出口销售量达到了总销售的35%。另外，鲁彼昂姆连续10年被授予 "Premio qualita'Italia" 奖。

1987年 世界著名米兰工作室 Domenico Caraceni 开始与鲁彼昂姆合作，缔造了最高水平的工业化技术与精确裁制技艺完美结合的奇迹。由此诞生的新产品概念 "Neosartoriale"成为"Lubiam 1911"系列。

2005年 首家Luigi Bianchi Mantova店在威尼斯重要的 Calle dei Fuseri 地区落成，靠近 San Marco 广场。

鉴于上述坚实的历史和全球的影响，2006年，杉杉企业与鲁彼昂姆合作，共同投资组建中意合资宁波鲁彼昂姆服装有限公司，应用意大利制造高档西服的先进工艺和技术，专门从事高档男式西服的设计、制造、生产和销售。

鲁彼昂姆品牌坚持纯正的意大利设计制造理念，以纯粹、典雅的格调诠释男人高品质的生活。在杉杉旗下所有服装品牌中，鲁彼昂姆无疑能以最纯正与经典的欧洲味打动顾客。

QUA

关键词：多品牌事业、国际合作品牌、Nelly Rodi

在2007年中国服装博览会开馆的时候，韩国品牌Qua出现在杉杉专馆，第一次让中国的消费者看到了她的风采。为了强化她作为韩国女装前沿品牌的内涵，杉杉集团的国际合作伙伴、韩国可隆（Fnc Kolon）公司专门邀请了韩国的影视明星朴恩惠飞赴北京。因为他们知道，刚刚在中国大陆风靡的韩国电视连续剧《大长今》让观众对朴恩惠的印象深刻，她饰演长今在宫闱中的好朋友连生，给人以善良、娴秀、正直和充满内涵的整体感觉。脱去古装卸尽脂粉，现实生活中的朴恩惠就像一位都市白领，她纯情开朗，落落大放，在没有一点造作又富有涵养的外表中，透露着东方青春少女的时尚神韵。可隆公司很聪明，他们要向中国消费者表达自己与杉杉合作的这个新品牌的全部内涵，已经通过朴恩惠表达得淋漓尽致。朴恩惠就是Qua。

Qua是杉杉引进的第九个国际合作品牌，也是第一个韩国品牌。"韩流"之所以感染中国，是因为韩国堪称亚洲服饰最时尚的国家。

韩国可隆公司，创建于1954年，至今已有53年的历史，这是韩国最大的纤维纺织企业，跻身于韩国十五大企业集团之列。1973年，可隆公司推出了第一个户外品牌"Kolon Sports"，拥有运动系列、休闲系列、高尔夫系列、名品系列等共14个著名品牌。可隆公司是今天韩国最有代表性的时装界领袖企业。

可隆公司在多品牌事业上与杉杉有异曲同工之妙。韩国的第一

24

QUA

户外品牌Kolon Sports、世界高尔夫品牌Jack Nicklaus，以及世界名品 Marc Jacobs 和 Jimmy Choo，都是这家公司的杰作。正因为这种对于时尚经营的共同理念，可隆公司与杉杉一拍即合，决定首先以Qua作为合作的契机，并希望两大公司有全面的合作，包括将其全部品牌通过杉杉引入中国。

Qua是朴恩惠般的年轻女性钟情的休闲品牌。Qua品牌是这样解释自己的品牌的：〞到底在哪里能够以合理的价格买到跟欧洲同步流行时髦的衣服呢？答案就是：韩国引领SPA型淑女装品牌Qua这里！〞〞Qua〞可以理解为〞here（这里）〞。Qua的审美品格指向〞Soft Feminine Stylish Casual〞，它强调娇柔和富于浪漫色彩的女人味，时髦与性感的兼顾，同时强调高贵感的Stylish Young Casual。

Qua与世界著名的法国时装信息公司结成战略联盟，按照每季变化的世界时装流行趋势，Qua迅速开发新的产品，并以多样化的服装和配饰来提供与顾客生活方式配合全面的Coordination（协调），顾客可以第一时间购买系列化的服饰。

Qua的目标顾客为18 － 30岁的现代女性，主要顾客为23岁、追求实用的服装品质，合理的感觉及崇尚个性的时尚先锋。Qua要求自己的店铺的形象是〞有魅力的和娇柔的〞，并且〞没有固定的概念〞。

Qua追求多重的文化价值，她用粉色、黑、白的配合和〞背漆玻璃〞般的材质，创出现代和高级的外形款式。在〞Life Style Innovator〞的理念下，Qua将处处陪伴在顾客身边，积极改善生活方式，力争与顾客共同成长。

25 格巴克

关键词：世界时尚之都、国际化、巨头握手

闻名世界的法国高级时装公会，1999年12月12日刚刚选出自己新的领导，不到一周时间，新任主席迪尔·格巴克先生，便应中国纺织工业局局长杜钰洲邀请，前往北京访问。抵京第二天，即前往在法国使馆商务参赞处"榜上有名"的中国服装企业——杉杉·法涵诗有限公司，拜访杉杉集团总裁郑永刚先生。

与刚刚卸任的75岁的前任主席穆克里埃先生相比，格巴克先生给人的深刻印象是年富力强，经验丰富。从履历上看，他做过法国服装学院研究室主任，"伊夫·圣·洛朗"品牌美洲地区总裁，法国著名时装品牌"梅格莱"总裁。1999年7月，他被囊括法国所有时装品牌的高级成衣公会推举为主席，12月，又一鼓作气地拿下只容纳十几家最高级时装品牌的"俱乐部"——法国高级时装公会主席。法国时装属于法国国宝，时装公会的主席甚至有资格会见总统。而中国是世界性的服装生产基地，郑永刚先生恰恰是中国服装工业的代表性人物——既是杉杉集团总裁，又是中国服装协会副理事长、中国服装设计师协会副主席。

两个协会的头面人物见面非同小可。

格巴克先生上台伊始，便风尘仆仆地来中国找杉杉，展示出他独到的眼光和雷厉风行的作风。

《孟子》开宗明义第一章，便是："叟，将有以利吾国乎？"格巴克与郑永刚会面，也开门见山，在听了郑永刚简单扼要的介绍后，便直截了当——

格巴克：我能为你们做些什么？

郑永刚：首先，通过你们的桥梁，不断地把法国服装的品牌和设计介绍到中国来，与中国进行直接的交流。具体讲，就是将好的企业、设计师、品牌带到中国，参与博览会，进行表演，接触企业，总之，不断与中国接触。现在，中国企业了解法国比较多，而法国企业了解中国比较少。你们必须要了解我们，才能尝到甜头。

然后，像意大利麦斯卡公司与杉杉合资组建公司推出"麦斯奇来"品牌那样，与中国企业进行实质性合作。坦率地讲，在这方面，法国还比较保守。

格巴克：我此次来，就是要推进此事。中国不可能老是封闭，法国也不可能老被关在外边。我们在寻找机会，请告诉我们该怎么做：整体该怎么做，个体该怎么做。

郑永刚：简单说，不能只与上层来往，必须通过中国企业做。以前的概念，到中国来，要找官员。了解宏观情况还可以，粘在那里就不行了。比如，到地方参加时装节，总是找地方官员，还不如与企业直接合作。中国的生产能力没有问题，有很高的水平。您看看我们的杉杉工业城就知道了，不谦虚地讲，比我们好的工厂还没有。我们请日本和意大利的专家进行管理。再比如，杉杉集团有3200个销售人员，有遍布全国的销售网络，可以随时进入中国商店。我们还是上市公司，有强大的资本实力。

还有一个观念需要调整：法国人以为中国穷，接受不了法国品牌。中国的市场很大，有相当一批世界品牌的消费者。你们有这么好的设计和品牌，不来中国做，太可惜。

格巴克：法国人在设计方面可以，但商业方面不是很强。今年，我们参加大连时装节，带来三个法国品牌，有一位女设计师，非常有才华，表演秀很成功，商业活动却没有任何结果。我的前任将这些品牌带来，我的工作是让他们在中国市场做下去。

郑永刚：我需要一个男装品牌，一个女装品牌——年轻化的、有活力的品牌。您推荐给我，我们去考察。

格巴克：我可以给您出主意。我在美国做过"伊夫·圣·洛朗"品牌，在法国做"梅格莱"的总裁。为了担任现在的工作，我辞去了所有的职务。梅格莱下属有三个品牌在欧洲做得很成功；第二个品牌是个城市品牌，可以在中国生产，进入美元区市场；第三个品牌更年轻化一些，正准备开辟亚洲市场，同时做欧洲、美洲市场。

郑永刚：我可以给您代理中国市场。

格巴克：您在中国很有名，他们在中国没有名，我们可以优势互补。

郑永刚：法国企业与我们合作成功，很多企业就可以跟上，发展会很快。但法国企业不能总是卖东西：卖牌子或卖衣服。这还不是真诚合作。你们要投资，要带进资本。否则，仍然是纸上谈兵，没有结果。

格巴克：非常同意您的看法，我们从Diro开始，习惯于转让品牌合作权。现在不行了，得另找途径。

郑永刚：中国品牌的档次还比较低，在中国可以，到世界上还有欠缺。我们正在寻

找合作伙伴，对象国主要是法国、意大利。

格巴克：我注意到，你们把"法涵诗"专卖店开在国贸商场"杰尼亚"的对面，这是非常聪明的主意。

如果说，法国高级时装公会有什么优势的话，就是可以帮助品牌实现国际化。现在是品牌浮现的时代。只要设计师有才华，设计与生产相联系，可以很快成为国际品牌。当然，这要通过巴黎。意大利的阿玛尼、瓦伦蒂诺，英国的加利亚诺，日本的三宅一生等，都是在巴黎成为国际品牌的。

现在，每年有30多个品牌在卢浮宫作秀，其中，总要有十多个新品牌，它们很有创造力，往往马上能接到国外订单。

我任主席后，要把巴黎时装做得像世界杯一样，让全世界都能看到。我们找到了一家著名的美国电视机构，正在找亚洲的一家。2000年后，巴黎将成为时装城，有高级时装学院，时装营销研究机构，展览馆等。我们正在策划2000年7月的活动，有24个高级发布项目，可以说，每个都异想天开。

郑永刚：看来，我们有许多事要做，没有10年功夫做不完。

格巴克：希望能推进得快一点。

郑永刚：如果能在3－5年内有实质性合作，那么将能为中国和世界服装工业的发展作出贡献。

格巴克：希望您能参加明年3月的巴黎时装展，届时，我将给您介绍一些著名企业。

郑永刚：明年3月我一定去，希望能落实一些项目。

第一次握手，为两人奠定了深厚的友谊。1999年以后，两人多次见面，北京、巴黎、故宫、卢浮宫下定格了两人一次又一次的拥抱。2002年，中国设计师整体亮相巴黎；2006年10月，中国品牌正式登陆巴黎时装周，格巴克还是活跃于世界时尚界的时髦老头，郑永刚尽管已从服装界跃身而出，但时尚仍让他魂牵梦萦。

走进卢浮宫

关键词：武学凯、时尚中华、巴黎归来

　　2003年10月对杉杉来说是个金色的秋天，杉杉首席设计师武学凯带着他新设计的作品走向巴黎，走向举世闻名的卢浮宫。武学凯同时兼任了中国服装设计师协会学术委员会主任，是中国当代最杰出的服装设计师之一。

　　与武学凯同时赴法的还有房莹、王鸿鹰、顾怡、梁子、罗峥等五位年轻的设计师，他们应法国高级时装公会的邀请，代表中国服装设计师协会在巴黎卢浮宫举办"时尚中华——当代中国优秀时装设计师作品发布会"。这项活动受到了中国文化部、法国外交部、法国文化通讯部和中法互办文化年混合委员会积极支持。

　　这是中国时装设计师首次亮相世界性的时尚盛会巴黎时装周。杉杉控股董事局主席郑永刚以中国服装协会副主席的身份，担任这次文化外交的领队之一。

　　10月13日的卢浮宫灯火辉煌，欧洲古老的宫殿因为注入了东方风格的装饰元素而更显得生气勃勃。来自遥远东方的6位中国时装设计师向世界的时尚之都展示了东方艺术家对于时尚的理解。武学凯等人的作品，展示了中国设计师独特的想象力，他们运用中国最具传统和国际竞争力的丝、麻、羊绒等纤维面料，以2004春夏时装作品向世界展示中国古老、

绚丽而又时尚的文化，体现了当代中国的文化精神和时代风貌的紧密结合，向古老的欧洲表达了当代中国服装的原创设计和优秀设计师的魅力。

法国前总统蓬皮杜的夫人、法国外贸部长、各界名流、各时装大牌的代表、时尚界顶级人物、法国专业协会同行、各国时装界同行、中国驻法国大使等出席了这场时装秀。欧洲的媒体评论说，他们＂被中国设计师的创造力震撼了＂。

武学凯的作品在本次时装秀中表现尤为突出。法国的主要时尚媒体Fasion TV等专题采访了武学凯，并向全世界发表了他们对于武学凯和中国时装设计师的高度评价。

＂时尚中华——当代中国优秀时装设计师巴黎展示会＂不仅被中国文化部列为2003 — 2004法国·中国文化年开幕的重要活动之一，也被中法互办文化年法方委员会及中法两国时装协会当做重要的交流活动，这次活动也是中国时装界首次采取当代名师与名模联合的方式，在国际时尚舞台上演绎当代中国时尚、中国设计师的设计能力和中国服装的原创能力。当时适逢中国服装设计师协会成立十周年之际，业内人士认为，举办这一活动正是中国服装设计师走向世界，走向国际化，走向成熟的重要一步。

＂时尚中华＂的整个表演团体——武学凯等6名设计师和诸多中国名模——回国的时候，适逢第九届宁波国际服装节的举办，杉杉集团以＂巴黎归来＂重新包装了这台时装秀，并将她呈献给这届在杉杉事业发祥地举办的服装盛会。

出使米兰

关键词: 米兰时尚周、多品牌、国际化、中国代表团

意大利的米兰时尚周一直被视作世界三大时尚盛会，它给数次参加这一国际时尚盛会的杉杉控股董事局主席郑永刚留下了深刻的印象。2006年米兰时尚周开幕前半年，郑永刚给国家商务部部长薄熙来写了一封信，他建议道：中国的时装设计和服装品牌已经具备了走向国际盛会的水准，中国到了向世界展示自己时尚和生活质量的时候。因此他提议，请国家商务部牵头组织民族品牌登陆这一世界级时尚盛宴，如果此建议可行，以他为法人代表的上海国际时尚联合会将主动承办这次"米兰·中国日"的活动。

郑永刚的信给了薄熙来部长极大的灵感，于是国家商务部决定偕杉杉等七大中国品牌，参加10月23日举行的"米兰·中国日"活动。商务部把这次活动定位为"中国品牌万里行——海外行"的重要组成部分，这就使活动上升为政府行为。商务部还邀请了中央电视台、凤凰卫视、《人民日报》、《经济日报》等国内主流媒体，为本次活动扩大影响。

　　这是有史以来中国时尚品牌第一次参加米兰时尚周，虽然杉杉从2004年起连续运作了五个大型的展示专馆，对自己的参展作品和展示能力有充分的把握，但是对于此次成行的杉杉等七个中国品牌来说，无异于一次重大的经济文化的出使，更显得任重道远。

　　杉杉把此次出使看做向国际大牌提升的一次极好的公关机会。在完成国家的展示任务外，杉杉着意于将自己的形象向"国际化企业"、"国际化品牌"、"国际化企业家"的主题上贴近，利用米兰的平台，充分宣传杉杉企业"多品牌、国际化"发展战略，传播中国时尚文化和品牌精神，在更大范围内传播杉杉品牌形象和品牌内涵，表达杉杉与国际主流时尚文化融合的理念与信心，宣传杉杉作为中国服装界领军企业形象，郑永刚主席作为中国时尚领军人物、灵魂人物的定位。

　　由于这一定位，杉杉始终是中国代表团在米兰活动的最活跃的元素。杉杉利用论坛、酒会、专访等平台，通过突出郑永刚主席个人形象，带出杉杉企业及品牌形象，并借郑永刚作为本次活动的组织策划者、上海国际时尚联合会会长、中意时尚文化交流的桥梁与纽带、意大利时尚产业的合作者与对话者的形象，来引发国际同行的更大关注，进而引发了对杉杉在中国时尚界所产生的持续的领导力和推动力的正向思考。

Z

转型之路

杉杉的思路并没有被房地产高额的利润所迷惑，郑永刚一句话点破主题："我们到上海来干什么？并不是来发横财，我们是来锤炼企业。上海的鲨鱼多呀，与鲨鱼同游，才能游得快。"

杉杉，总是与3有缘：很多杉杉人是车号、手机号都带着″33″，带着杉杉人的自信与忠诚。还有一个更大的缘，更大的″3″，让杉杉实现了完美转型。

新能源、新材料

投资重组

2.5产业

新经济

28

锂电池负极材料

关键词：迁入上海、高科技项目、中间相炭微球（CMS）、替代日本同类材料、世界第三

  1998 年，杉杉集团从宁波迁入中国改革开放前沿的上海浦东，开创了外地民营企业总部成建制入驻经济、金融、信息与人才中心——上海的先河。

  没有庆典与剪彩，没有喧哗与浮躁，在简单的"物理"位置变化后，杉杉的决策高层关起门来，进行了更深层的企业发展战略规划的调整。当时的浦东，正经历着一场声势浩大的"圈地运动"。杉杉是浦东政府点着名找上门来"引进"的外地大企业，想要圈些土地，只要你开口。

  杉杉的思路并没有被房地产高额的利润所迷惑，郑永刚一句话点破主题："我们到上海来干什么？并不是来发横财，我们是来锤炼企业。上海的鲨鱼多呀，与鲨鱼同游，才能游得快。"

  中国生产力发展的总态势是什么？未来的核心竞争力在哪里？作为服装行业的领袖企业，在成就行业多项

第一的同时，杉杉在痛苦地不断思索着产业升级与企业后续发展的问题。

所有的答案指向一个方向：未来的核心竞争力在于技术门槛，在于科技的含量。用一个当时使用频率最高的主题词来说，就是〝高科技〞。

你别无选择。

杉杉必须进军高科技领域，这是战略调整的必然选择之一。因为你想发展。

这是杉杉战略转型的第一个思想成果，以后的一切都是从这个选择开始。

对于企业来说，科技有意义但最终必须落实到项目，项目是有形的载体。那么，杉杉选择什么科技项目、特别是第一个进入的项目是当时考虑的重点。有两点是明确的，项目的技术定位必须是领先的，同时还应具备良好的市场前景。围绕这两点要求，集团投资部门广泛调研了多个可供投资的项目。

1998 年的夏天，在一个偶然的机会下投资部门了解到原冶金工业部鞍山热能研究院正在研发〝中间相炭微球〞项目。据说这是一个大有前途的项目。

以快速反应见长的杉杉，在不久之后就把一份完整的技术调查报告放到了总裁的办公桌上。

〝中间相炭微球（简称CMS），〞报告说，〝这是继炭纤维后的又一重要的高科技新型炭素材料，从 90 年代中期起一直是锂离子电池炭负极材料的主流品种和首选材料，当时只有日本能大规模生产，但进口价格昂贵。〞

郑永刚的脑子里立即跳出了一个主题词——〝填补国内空白〞。

填补，就是市场的取而代之；填补，就是技术的取而代之。能够同时在市场和技术上取而代之的项目，它就有广阔的前景。

报告继续说："在考察项目期间，鞍山热能研究院的'中间相炭微球'项目正处在中试阶段，并在申报国家863发展计划项目，项目产品已送往多家锂电池生产企业进行试用，反馈效果很好，可替代日本进口的同类炭负极材料。与此同时，通过科技创新，验证了该项目技术的领先性。"

郑永刚看到了这份报告的分量，是呀，也许这正是杉杉"众里寻她千百度"的那个还在"灯火阑珊处"的她。

他已经按捺不住心中的激动，兴奋地看完报告的最后陈述："就其项目的市场前景而言，在当时的充电电池市场，镍氢电池还占据着市场的主流，锂电池还处在起步阶段。可以预测，随着使用可充电电池的电子产品品种的不断增多及产量的不断增加，锂电池的市场会越来越大。"

"中间相炭微球"，也就是通俗称为的"锂电池负极材料"，最终被确定为杉杉集团进军高科技领域的首选项目。

经过多轮的交流、谈判后，1999年5月，杉杉企业与鞍山热能研究院正式签署合作协议。9月7日，杉杉企业以资金、鞍山热能研究院以"中间相炭微球"项目技术，共同

投资成立上海杉杉科技有限公司，这是浦东新区支持的第一家以技术评估入股的公司。就在这时候，"中间相炭微球"项目正式列入国家863项目，这也算是锦上添花。

新公司仅用一年左右的时间，完成了年产200吨中间相炭微球项目的设计、施工、设备安装与调试。2001年1月，项目正式投产。随着产品的成功问世，杉杉成功实现向高科技领域进军，同时也终结了日本企业对锂电池负极材料的垄断，杉杉的锂离子负极材料，大大降低了我国锂电池生产企业的原材料采购成本，对锂电这一新兴高科技产业的发展作出了积极贡献，而且这个项目的社会效益及对行业的积极影响远远超过项目本身的意义。

上海杉杉科技有限公司因成功实施国家863成果产业化而获得多项荣誉，项目产品被越来越多的企业使用，杉杉科技在行业的地位与影响日益强大。在年产200吨锂离子电池炭负极材料项目顺利通过验收的基础上，公司年产800吨锂离子电池炭负极材料项目又被列入国家高技术产业化示范工程项目，并于2004年3月在宁波杉杉科技创业园建成投产。杉杉科技在锂离子电池负极材料领域成为国内最大并在技术先进性和规模化方面跻身世界第三位的生产企业。

锂电池负极材料研制发展年表：

1999 年 5 月　CMS 项目纳入"九五"国家 863 高技术研究发展计划

1999 年 7 月　CMS 项目被列为国家"上海市高新技术成果转化项目"

2000 年 8 月　CMS 项目被列为国家"科技型中小企业技术创新"支持项目

2000 年 11 月　CMS 项目被确定为"国家高技术产业化推进项目"

2001 年 9 月　CMS 项目被评为"上海市高新技术成果转化项目百佳"

2001 年 9 月　CMS 项目被确定为"上海市火炬计划项目"

2001 年 11 月　公司通过"上海市高新技术企业"认定

2002 年 1 月　CMS 项目被纳入"十五"国家 863 动力电池负极材料研究发展计划

2002 年 7 月　公司"高容量硅炭复合嵌锂负极材料"项目列入"十五"国家 863 高技术研究发展计划

2002 年 11 月　公司年产 800 吨锂离子电池炭负极材料被列入国家高技术产业化示范工程项目

2003 年 6 月　公司项目"锂离子电池负极材料——中间相炭微球"被评为上海市科学技术成果

2003 年 12 月　公司被中华人民共和国人事部批准设立博士后科研工作站

2004 年 7 月　锂离子电池炭负极材料（中间相炭微球）获得"国家重点新产品"荣誉证书

2005 年 1 月　公司获得上海市企业技术中心认定

2005 年 12 月　公司"新型锂离子电池负极材料制备工艺的研发和产业化项目"获上海市科学进步二等奖

863 项目

关键词：高科技、产业精神、专注执著、转型

    杉杉，总是与"3"有缘：很多杉杉人是车号、手机号都带着"33"，带着杉杉人的自信与忠诚。还有一个更大的缘、更大的"3"，让杉杉实现了完美转型。

    1986年3月3日，王大珩、王淦昌、杨嘉墀、陈芳允四位老科学家给中共中央写信，提出要跟踪世界先进水平，发展我国高技术的建议。这封信得到了小平同志的高度重视，小平同志亲自批示：此事宜速决断，不可拖延。中国宏伟的高技术研究发展计划就这样坚定地开始实施了。由于科学家的建议和邓小平同志对建议的批示都是在1986年3月作出的，这个宏伟计划被命名为"863"计划。

    863、3月3日，杉杉科技似乎为此而生。1999年，杉杉拿到了第一个863项目——杉杉科技以鞍山热能研究院国家863计划项目"锂离子电池负极材料——中间相炭微球"制备技术为基础，进而开发出一系列具有自主知识产权的锂离子电池材料新产品，打破了日本对我国锂离子电池负极材料的技术封锁和市场垄断，推动了我国锂电生产行业的发展，取得了显著的社会效益和经济效益。目前，杉杉科技在锂离子电池负极材料领域已经成为国内最大、并在技术先进性和规模化方面跻身世界前三位的生产企业。杉杉科技的战略目标是：创国际一流的锂电综合材料和特炭材料供应商。

国家高技术研究发展计划（863计划）是一项具有明确国家目标的国家科技计划。

863计划从世界高技术发展趋势和中国的需要与实际可能出发，坚持"有限目标，突出重点"的方针，选择生物技术、航天技术、信息技术、激光技术、自动化技术、能源技术和新材料7个领域15个主题作为中国高技术研究与开发的重点。杉杉科技集团不负重望，在完成国家863计划项目产业化的基础上，800吨／年锂离子电池负极材料二期工程于2003年被国家发改委确定为"高技术产业化示范工程"项目，在上海、宁波两地实施，项目总投资1.5亿元，2004年3月完成建设并投产，目前年产量已达到1300吨。杉杉科技通过有效经营运作，实施以现有的新材料产业为基础，通过收购、兼并等经营发展战略，整合相关科技产业的优势企业，迅速扩大产业规模，并组建1－2家科技型上市公司，将杉杉高科技产业建设成为国内一流并具有较强国际竞争力的大型高科技产业集团。

目前，杉杉已拥有四项列入国家863计划的技术，自主研制、国际首创的电解铜箔技术已达到国际一流水平，其中，18微米铜箔开发建设项目被列入2000年"高技术产业化示范工程"项目，对于加快我国计算机、航空航天等高新技术产业的发展具有十分重要的战略意义。为了迎合快速发展的市场需求，杉杉又开发研制了12微米、10微米、9微米的超薄系列铜箔，达到了国际先进水平。

事实上，发展高科技产业犹如登山，杉杉的登山之旅刚刚开始。

30

长春热缩

关键词: 长春、中科英华、国际认证、国家领导人的重视

杉杉迁都上海后,这座中国最大的商业城市,给了杉杉更多的信息, 也促使杉杉人深刻的思考。

"一个大企业,必须进入一个大行业",这是郑永刚当时睿智的判断。然而,在国有大企业已经充分垄断一系列传统行业后,杉杉的切入口在哪里?

一种反"热胀冷缩"原理的材料,或者说是一种能够神奇地"冷胀热缩"的材料,引起了杉杉的浓厚兴趣。兴趣点在于两个方面: 一是这种神奇的材料可以广泛应用于电力、军工、电子、交通、船舶、高层建筑、石油化工等领域, 而更为重要的是, 它是一种新材料,唯其新, 正说明没有前人的垄断, 没有传统的经验壁垒, 那不正是一个具有无限发展前景的朝阳行业?

新材料,杉杉决定进入新材料领域。以前以"高科技"名义进入的锂电池负极材料,不也是一种新材料吗? 杉杉青眼投向了"冷胀热缩"的热缩材料。

这一次的想法, 也并非空穴来风。

中国科学院长春应用化学研究所 (以下简称长春应化所),他们正拥有热缩材料的研究成果,而且开始产业化。

杉杉向长春应化所提出了一个强强合作的意向。两者

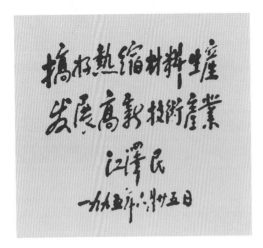

一拍即合。

　　企业家接盘科学成果并不是新鲜事，可是问题恰恰在于，并不是任何科学成果都可以产业化。据一般统计，在成熟的实验室成果中，可以产业化的大概是5%，而另一个统计又显示，在可以产业化的科技成果中，又只有5%可能成功。也说是说，成功率只在千分之二点五。

　　如此微小的成功概率，杉杉上不上？

　　杉杉的高层冷静地作了分析。概率只是一个大的判断，并不是直指每一个项目都存在着997.5‰的风险，因为高层更看到这个项目背后坚实的科技基础。

　　长春应化所已经建立的热缩工厂成立于1987年，这是国家"六五"攻关项目转化成生产力的典型。依托应化所强大的技术支撑，产业拥有一支由博士生导师、硕士生导师、博士、硕士组成的研究队伍。1994年3月正式改组为长春热缩材料股份有限公司,成为中科院系统所办企业中首家股份有限公司。1995年被国外专家公认为亚洲唯一具有热缩材料综合生产实力的企业。通过引进国外先进设备，公司具备了生产10多种1000多个牌号热缩产品的能力，热缩产品通过了BVQI-UV等多项国际权威认证。江泽民、胡锦涛等国家领导人多次到热缩公司参观指导。

　　商业的成功常常在于最后一分钟的决心。杉杉下了这个决心。

　　以热缩材料为基础，杉杉控股了一个新的上市公司：长春热缩更名为中科英华。

　　中科英华因其作为"中国热缩材料研发生产的发源地"的资格，因其拥有的先进的热缩母料配方专利技术，成为了国内热缩材料行业首家上市公司。目前，它已经拥有了遍布全国的完善的销售网络，产品远销德国、日本、科威特等国。

　　杉杉进入新材料行业的第一着棋子，无疑是走对了。

成果及产品质量水平

1987 年 8 月　　"辐射交联热缩型电缆附件"通过中科院长春分院鉴定

1989 年 11 月　"军工热收缩套管研制"成果通过中科院军工办和 07 单位物资局联合鉴定

1992 年 6 月　　"12/20KV 交联电缆热缩接头"基本性能通过机械电子工业部上海电缆研究所试验

1992 年 6 月　　"热收缩自熔复合带研制"成果通过中科院长春分院鉴定

1992 年 11 月　"户内高阻燃热收缩材料的研制"成果通过中科院长春分院鉴定

1992 年 12 月　"MPG 母排绝缘柔软阻燃型热缩管"通过国家高压电器质量监督检验测试中心检验合格

1992 年 12 月　"阻燃型热缩"系列产品通过中国船级社检验合格,获船用产品证书

1993 年 5 月　　"MPG 柔软阻燃型母排绝缘热缩材料的研制"通过中科院长春分院成果鉴定

1993 年 9 月　　"6.35/11KV 交联电缆直通型热收缩式接头"通过机械工业部上海电缆研究所试验,试验标

　　　　　　　　准 IEC502

1993 年 12 月　"MPG 柔软阻燃型热收缩管"通过国家高压电器质量监督检验测试中心测试

1994 年 4 月　　"MPG 柔软阻燃型母排绝缘热缩材料"被评为吉林省优秀新产品

1994 年 5 月　　"汽车线束套管的研制"成果通过中科院长春分院鉴定

1994 年 8 月　　"FJRD50x15 柔软阻燃型母排绝缘热缩带"通过国家高压电器质量监督检验测试中心测试

1995 年 4 月　　"LRS 低温柔软阻燃热缩细管"获美国 UL 认证

1995 年 5 月　　"10KV 交联聚乙烯绝缘电缆热缩型半导——绝缘复合管中间接头,35KV 测浸纸绝缘电缆

　　　　　　　　热收缩型附件"通过国家高压电器质量监督检验测试中心测试

1995 年 8 月　　"低压母线槽绝缘热缩套管"通过吉林省消防商品质量监督检验站检验

1995 年 8 月　　"低压母线槽热缩管"通过机械工业部上海中小型电机绝缘机构实验室检验

1995 年 11 月　"高压热缩过树绝缘带(FJRD 复合绝缘热缩带)"通过电力工业部武汉高压研究所试验

2000 年 2 月	研制开发 "热收缩与热熔聚合物双层绝缘带" 获国家级发明专利. 专利号 99215531.2
2000 年 3 月	研制开发 "热收缩与热熔聚合物双层绝缘双壁管" 获国家级发明专利. 专利号 99215530.4
2000 年 4 月	研制开发 "增强绝缘热缩带" 获国家级发明专利. 专利号 99206447.3
2000 年 6 月	研制开发 "粘性内表面热缩管" 获国家级发明专利. 专利号 99203497
2001 年 1 月	"WN 绝缘热缩套管" 通过西安绝缘材料应用研究所检测
2001 年 6 月	"热缩型直通靴 (ZX-12KV)" 通过国家高压电器质量监督检测中心检测
2002 年 6 月	"阻燃热缩管" 通过电力工业部电器设备质量检验测试中心检测
2002 年 5 月	"1KV3.5 芯热缩式电缆户外终端" 通过电力工业部电器设备质量检验测试中心检测
2003 年 12 月	"低压热缩式电缆户内／外终端" 通过电力工业电气设备质量检验测试中心检测
2003 年 12 月	"11KV 热缩型电缆终端及中间接头" 通过电力工业电气设备质量检验测试中心检测
2003 年 12 月	"10KV 热缩式电缆户内、外终端及中间接头" 获电力工业电气设备质量检验测试中心检测
2004 年 6 月	研制的 "10KV 连续长母排热缩管扩张方法及装置" 申报了国家专利，专利受理号 200410010901.5

联合铜箔

关键词：铜箔、惠州市、领先地位、核心竞争优势

　　"联合铜箔"是联合铜箔〔惠州〕有限公司的简称，这家杉杉控股的中外合资企业成立于1992年11月。一听到"铜箔"这个词，你就会想到金箔，想到它的薄，想到一种非常非常薄的金属。你想的没错。

　　传统的金箔用手工打制，肉眼一看很薄，如果用放大镜一瞧，上面坑坑洼洼，都是用力不匀的印记。现代工业要求的超薄铜箔，不但要标准的"薄度"，而且要绝对的平整。这就是难度所在。

　　有什么办法做到这一点？简单地说，就要把铜电解为分子状态，然后按要求再重新结构它。铜是普通的工业材料，可是利用分子水平的整合技术，生产出来的可就是新材料了。联合铜箔能够根据要求制造各种厚度的覆铜板〔CCL〕、印制电路板〔PCB〕、锂离子电池用电解铜箔产品以及电解铜箔专用生产设备。

　　联合铜箔位于广东省惠州市，在博罗县湖镇罗口顺高新技术电子工业区，毗邻雄伟秀丽、享有"岭南第一山"美称的罗浮山，面对广梅公路，紧连广汕公路、广惠高速公路，交通十分便利。公司的高档电解铜箔生产能力为2100吨／年，是广东省高新技术企业，通过了国家级"高技术产业化示范工程项目"

31

验收。公司于 2000 年 9 月通过了 ISO9002:1994 质量保证体系认证 (2003 年 8 月换版 ISO9001:2000); 2004 年 11 月通过了 ISO14001: 1996 环境管理体系认证 (2006 年 8 月换版 ISO14001: 2004); 2005 年 10 月通过了 GB/T28001 - 2001 职业健康安全管理体系认证。联合铜箔的各种产品行销海内外,特别是锂离子电池用电解铜箔产品,占据了国内近 50% 的市场份额,是国内锂离子电池生产企业的电解铜箔主要供应商。

联合铜箔有一支以教授、研究员、高级工程师为技术带头人,以相关专业工程师为骨干的技术团队,先后投入 5000 多万元进行各种高档电解铜箔产品以及专用设备的研制开发,并取得了丰硕的成果。公司在吸收国外先进经验基础上开发的阴极辊电流密度均匀性结构设计技术、生箔钝化保护技术、导电辊结铜控制技术、电解铜箔抗剥离强度增加技术、须晶微粗化处理技术、复合添加剂的制备技术和生箔机与表面处理机同步控制技术等十多项铜箔制造专有技术在同行业中处于领先地位;公司 1999 年成功开发的 18 微米镀锌铜箔填补了国内空白,是广东省和国家级重点新产品,曾获惠州市科技进步一等奖、广东省科技进步二等奖;公司 UCF 牌系列电解铜箔为广东省名牌产品,9 微米双面光铜箔是广东省重点新产品,105 微米以上超厚甚低轮廓(VLP)、高温延展性(HTE)电解铜箔为国内首创和独有。近年来与清华大学及中科院长春应化所的密切合作,使得公司电解铜箔制造技术始终站在行业的前列。公司目前拥有成熟的 9 微米超薄双面光铜箔、105 微米以上超厚铜箔、低轮廓(LP)及甚低轮廓(VLP)铜箔、反相处理与双面处理铜箔等一系列高性能电解铜箔制造技术;多个代表电解铜箔未来发展方向的技术也正在研发过程中。2005 年 3 月,公司经广东省科技厅等有关部门批准成立的广东省电解铜箔工程技术研究开发中心,更加巩固了企业的核心竞争优势。

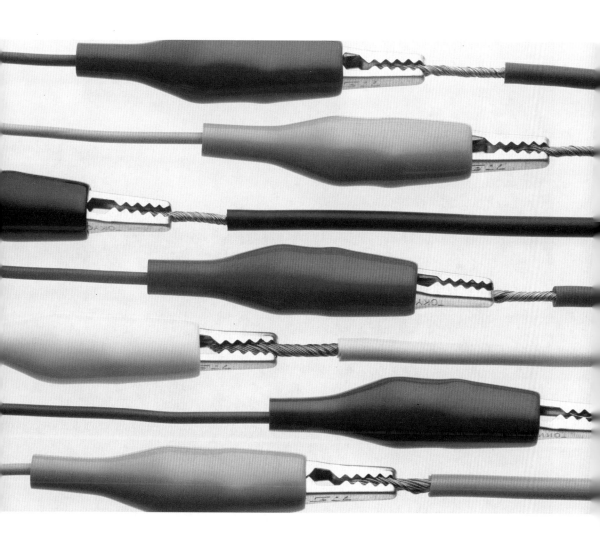

锂电池正极材料

关键词：锂电池、完美结合、国内第一、全球第三

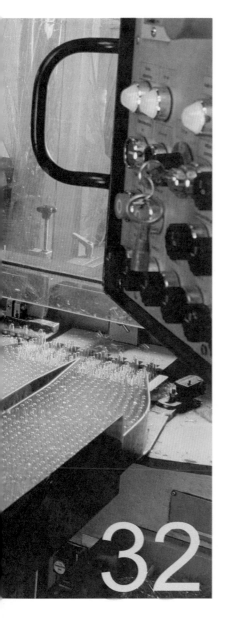

锂电池负极材料项目的成功实施，使杉杉科技借助品牌的影响力，获得了行业地位和影响力的不断提高。

负极材料用户在不断增加，市场的份额在不断扩大，一个新的商业契机被具有慧根的杉杉人突然领悟了：简单地说，锂电池是由负极、正极、电解液和铝壳组成，我们的每一个负极材料的客户，同时又是正极、电解液和铝壳的需求者。那么，我们能不能再发展锂电池正极、电解液和铝壳材料？

一个新的战略课题就这样出来了：做国际一流的锂离子电池综合材料和特种炭素材料供应商。杉杉开始了在锂电池综合材料领域的新业务。

又一个问题被提出来了：如果这样，杉杉不就发展了锂电池的全部构件吗？那为什么不自己来做锂电池呢？用经济学家的术语说，就是构架锂电池的完整产业链。

当时，产业链的理论正在全国经济理论界风靡，理论与实践完全可以统一了，傻瓜都会想到这一点。

"不，"郑永刚说，"如果这样想，那才是真正的傻瓜。"

总裁的高明之处常常以这种出其不意的方式表现出来。

"你们想想，理论家说的是产业链，可是他并没有说经营链，并没有说商业链。"郑永刚一语点破天机，"全世界有200多家锂电池制造企业，我们只做材料供应商，他们全都可能成为我们的客户；如果我们也做锂电池，那么这200多家的客户都把我们视做竞争的敌人。我们要哪一种结果？道理就这么简单。"

高人指路，犹如醍醐灌顶。

是的，正、负极材料是电池的两大基本必备原料，对杉杉科技来说，已建立的负极材料客户群，可直接成为正极材料的使用对象，这是杉杉科技开拓锂离子电池综合材料新领域的独特优势，因此正极材料自然成为杉杉科技新的锂电池材料项目。

2003年11月，由宁波杉杉股份有限公司与中南大学李新海教授分别以资金和技术出资的湖南杉杉新材料有限公司在长沙高新区注册成立，这也是杉杉在湖南投资的第一家产业化高科技公司。

说起湖南杉杉的成立，还有一段故事。为涉足锂电池负极材料，杉杉收购了以李新海教授为主要股东的长沙锂新发展有限公司，并以此作为锂离子电池正极材料的中试和研发基地，而工厂则计划建在宁波杉杉科技创业园内。李新海教授将此信息通过长沙高新区产业局传递给了长沙高新区招商局和管委会的有关领导，引起了高新区管委会的高度重视，多次前往宁波和上海约见杉杉方面的有关领导，介绍长沙高新区的投资环境，表现出高度热情。此后，还利用杉杉控股董事局主席郑永刚先生考察湖南之机，安排当时的市委书记会见郑永刚主席，面对长沙市和高新区领导的诚心以及长沙高新区优良的投资环境，杉杉最终将工厂选择落户在长沙高新区。

从最初租赁厂房开始的试探性投资，到如今拥有长沙高新区占地70亩的新厂，湖南杉杉实现了资金、技术与管理的完美结合，实现了跨越式发展。2006年公司实现销售收入3.52亿元，是湖南省高新技术企业和高新技术产品"双高"认证企业，并被授予"长沙市企业技术中心"的荣誉称号。公司已发展成为国内第一、全球第三的锂离子电池正极材料生产研发基地，与负极材料一起成为行业的领头羊，为实现杉杉科技一流锂电综合材料供应商的目标迈出了坚实的一步。

33

电解液

关键词：杉杉科技、东莞市、锂离子、综合效应

　　锂离子电池的电解液，就是将精制、高纯的电解质盐六氟磷酸锂按其摩尔数的量均匀溶解在有碳酸乙烯酯（EC）或碳酸丙烯酯（PC）的二元、三元、四元的高纯精制的碳酸酯类的有机溶剂中配制而成。它主要应用于锂离子二次可充电电池、聚合物电池、锂离子动力电池。随着信息产业的迅速发展和未来电动车动力新能源的开发，作为锂离子电池必不可少的相关材料，电解液具有广阔的市场前景，其中六氟磷酸锂电解液为国内新兴的高科技产业，伴随着中国乃至整个国际市场的发展，产品前景非常广阔。

　　杉杉科技在成功开拓锂离子电池负极材料、正极材料、铜箔等领域后，凭借其技术与市场优势，开始了锂离子电池电解液的规模生产，把电解液作为扩充锂电池综合材料系列的又一产品。为尽快地进入锂离子电池电解液市场，杉杉科技在2005年2月收购了年产500吨电解液的东莞市锦泰电池材料有限公司，并以此为基础组建了东莞市杉杉电池材料有限公司。从2005年3月公司成立后，一方面巩固已有基础以稳固电解液市场地位，另一方面不断完善和提高锂离子电池电解液生产工艺技术。通过技术、营销与管理人员的努力，公司实现了以较短时间迅速打开电解液产品市场局面的目标。

　　随着产品用户的增多以及用量的增加，公司在电解液市场的表现取得了预期效果。最初每月只有30吨的产能需求，到2007年4、5月份便增加至90吨左右，杉杉科技锂离子电池综合材料的综合效应得以体现，公司已成为国内锂离子电池电解液领域综合规模与实力第二位的企业。

　　在成为一流锂离子电池综合材料供应商的总体目标下，东莞市杉杉电池材料有限公司综合多方有利因素，将有计划地提高优质锂离子电池电解液的产能，进一步提升公司的综合实力。

2007年4月，宁波市商业银行经批准，正式更名为宁波银行，业务范围也由仅限浙江一省的地方性银行，扩展为全国性的商业银行，宁波银行迎来了更加广阔的明天。

新能源、新材料

投资重组

2.5产业

新经济

34

松原油田

关键词： 二级市场、石油开采、稀有、成长前景

2005 年，国际油价首次突破 50 美元／桶，一路飚升，到 2008 年，已达到 150 美元／桶。石油，已与能源危机划上等号，拥有石油的企业必将成为投资者追逐的对象。

目前中国的二级市场上，凡有油田的上市公司几乎被并购完毕，只剩下中石油、中石化和杉杉控股的中科英华，这几个公司的手中还有油田。

松原油田，就是杉杉手中的那一片具有传奇色彩的油田，而开发它的正是中科英华控股的京源石油开发有限公司。

松原油田的储量达到 874 万吨，合计约为 6000 多万桶，以每桶 78 美元的价格估计，可以折合人民币接近 350 亿元。也就是说，控股吉林京源石油 50% 股权的中科英华，将可能坐拥价值 175 亿以上的石油储备。

其实石油开采的成本并不高，产油成本仅 15 美元／桶，而松原油田目前仍处在开采前期，预计开采成本未来 10 年不会有明显增长。按油田平均开采速度以及公司发展规划，预计中科英华 2007 年石油产量可达到 8.5 万吨。随着国际原油价格的持续大幅上涨,中科英华原油产量和油田规模的不断扩大，公司将尽享高油价带来的巨额利润。公司已经成为目前 A 股市场上稀有的具有大规模油田开发的上市公司，未来成长前景非常乐观。

除现有的京源石油产业给公司带来巨大的增值空间外,2006 年公司采取合作方式新购进一块油田，核定储量 600 万吨，另有 150 万吨的可能储量。公司石油业务价值有进一步增长的空间。

35

松江铜业

关键词：国有企业改革、荣誉称号、综合效益、第一名

　　松江铜业是杉杉积极参与国有企业改革的成果。

　　哈尔滨松江铜业（集团）有限公司原是国有企业，隶属于哈尔滨市冶金工业总公司，组建于1997年9月。2004年与中国500强企业杉杉企业合作，改制为民营企业。

　　松江铜业下属的子公司有哈尔滨松江铜业实业有限公司、哈尔滨松江钼业有限公司、阿城市小岭铁合金厂、阿城市小岭铁锌矿、哈尔滨松江冶金机械制造有限公司、哈尔滨松江建筑安装工程公司、宾县松江农工有限公司、巴彦松江经贸有限公司、哈尔滨松江钼冶炼厂、尚志珠河钼选矿厂、哈尔滨松江爱德生物工程有限公司。企业曾获得国家环保先进单位，省先进企业、省改革开放以来最具影响力企业之一、市十佳企业等多项荣誉称号。2004年企业实现利润总额2.7亿元。其中钼业公司列哈尔滨市工业企业税金总额第14位，铜业实业公司列第36位。松江铜业集团在黑龙江省实现利润排第7位（纳税50强企业），被国家统计局等权威部门评为全国行业综合效益十佳企业第一名。

新明达

关键词：和谐合作、外贸服装企业、经营模式、高速发展

这是一种必然而奇妙的结合，是强强之间的和谐合作的成果。作为杉杉股份旗下的一家外贸服装企业，宁波新明达公司的成功正体现了杉杉追求强强合作的战略。

新明达的前身宁波明达公司，从1974年开始生产出口针织服装，是宁波地区最早生产出口针织服装的企业。它是当时鄞州二轻工业系统的针织龙头企业。而在当时，杉杉的前身，是同属一个县区的工业系统的服装龙头企业。明达与杉杉，是当年鄞州针织服装业的双璧。

杉杉股份的主营业务是服装，做大主业并向针织服装领域拓展，而明达欲做大做强针织业，取得更好的规模效益，于是两个当年的龙头企业走到了一起。这不是一种传统意义上的并购，而是杉杉以1:1的股份注资成立的新企业，杉杉刻意体现了一种双方互相尊重和彼此平等的姿态，坚持在股比上的平均。杉杉对新明达的权力完全采用委托代管的方式，新明达保持了高度的经营自主权。

这是杉杉对经营模式的一种和谐的创举。

新明达公司经过近五年的倾心打造，生产经营一直保持较快的发展势头，范围逐渐拓宽，规模日益扩大。现已拥有织造、染整、成衣、绣花、印花等十二家国内全资工厂和一家外贸进出口公司，并在上海、香港、日本等地设有专门的业务办事机构。公司是宁波最早具有外贸进出口权的大中型外贸企业，2000年被宁波市政府确立为宁波市百强

36

企业之一。2003 年新明达工业城的建成投产，使集团公司更具竞争实力，在国内同行业中处于领先的地位。

公司总占地面积21万平方米，建筑面积11万平方米；企业总资产达4.5亿；在职员工4000余名，其中具有专业技术职称人员300多名，从事对外贸易人员100多名；拥有各类进口缝纫生产设备2500余台，日本福源、德国迈耶等各类针织大圆机110台，意大利、德国、香港、台湾等染整设备180多台／套，日本电脑绣花机40台；具有年产针织服装1500万件、针织坯布20000吨的能力。集团公司总部设在新建成的新明达工业城内（宁波通途路五乡工业园区）。距宁波市区6公里，距北仑港口20公里，10分钟即可上沪杭甬高速公路，20分钟可达栎社机场，地理位置十分优越，交通非常便捷。

为了能取得稳步持续的发展，公司实施梯度转移战略，在芜湖设立了芜湖杉杉新明达制衣有限公司。此公司地处芜湖市南陵县安徽省服装加工出口基地，交通便利、环境优美，是一家全新的现代化大型针织企业。企业总投资为8亿，一期投资为1亿，总占地面积33万平方米，总建筑面积26万平方米，一期首次工程建筑面积2.2万平方米，员工1500余名，年产能力500万件，主要生产经营各类T恤衫、运动服、休闲服、童装等高档次的服装，产品100％出口。

新明达公司自1974年专业生产针织服装以来，产品100％外销，主要生产经营各类T恤衫、运动服、休闲服、童服、棉毛衫裤、绣花外衣等各档次的针织服装和针织坯布，产品远销美国、加拿大、日本、欧盟、中南美、中东等三十多个国家和地区。公司凭借优良的产品和服务吸引了一批又一批新老客户前来下单。2002年实现产值3.6亿，出口创汇3000万美元，被评为浙江省"自营出口优秀生产企业"。这几年来明达一直保持20％左右的增长速度，预计2007年公司能实现产值10亿元。

未来几年，将是新明达高速发展之年，公司将投资1.5亿进行第三轮技术改造，同时将在江苏设立新的产业基地，进行更大规模的梯度转移，旨在进一步提升企业的技术档次和生产规模，同时强化内部管理，运用现代先进的管理方法和手段，使管理完全与国际接轨。

并购不是征服

关键词：基本经验、独特、并购不是征服、外贸

  杉杉的外贸企业板块，也是杉杉积极参与国有企业改革的成果。成员企业，前身都是国有的大型外贸公司。杉杉的品牌优势与经营理念对原来的国有企业具有强大的吸引力，于是在平等的前提下，改革中的国有外贸公司纷纷加盟杉杉。杉杉主张经营者必须持股，职工须有股份，这不但有效地保护了外贸企业职工的积极性，也符合外贸、外经业的智力与人脉资源作用的特点。

  这一板块经过五年多的运作，形成了杉杉内部一套独特的运行机制，却共享了杉杉文化精神，杉杉也许可以为中国的改革提供一条基本经验：并购不是征服。

宁波工艺品进出口有限公司

  宁波市工艺品进出口有限公司成立于1986年9月15日，注册资金为1.2亿元人民币，是外经贸部批准的拥有外贸、外运、外经经营权的综合性进出口公司。自1994年起，公司每年入选中国进出口额最大500家企业。1995年，成为宁波市第一家出口超亿美元企业，公司多次荣获外经贸部、浙江省、宁波市授予的"全国外经贸质量效益型先进企业"、"外经工作先进单位"、"出口创汇先进企业"、"宁波市百强企业"等荣誉。多年来一直被宁波市资信评估委员会评为"AAA"级企业。目前，公司已通过ISO9001质量体系认证。

37

公司现有员工132人，其中大专以上学历者112人。公司除经营常规的工艺品外，最近两年又开展了船舶进出口、棉花、煤等大宗商品贸易。

2006年公司进出口贸易额达29.79亿元，利润总额3535万元。2007年上半年公司主营收入14.5亿元，利润总额968万元。杉杉企业于2004年投资3932万元，占公司股份的33%。

中国宁波国际合作有限责任公司

中国宁波国际合作有限责任公司是宁波市首家外经贸部批准成立的外经贸综合公司。公司于1988年4月20日成立，注册资金3000万元。

公司主要经营：进出口贸易、国际劳务合作、援外项目、国际承包工程、实业投资、科技开发、海外兴办企业等。出口遍及日本和欧美等90多个国家和地区，主要产品包括：服装、机电类产品、五金、日用杂品等。公司以讲究信誉、严守合同、保证质量、周到服务为经营宗旨，以"质量第一、顾客至上"为质量方针，于1999年取得ISO9001质量管理认证。

公司现有员工97人，其中大专以上学历者80人。2006年公司进出口贸易额达9.23亿元，利润总额1516.07万元。2007上半年，公司主营收入2.87亿元，利润总额602万元。杉杉企业于2002年投资990万元，占公司股份的33%。

宁波经济技术开发区汇星贸易有限公司

宁波经济技术开发区汇星贸易有限公司成立于1993年12月，注册资金1000万元。公司经中国商务部批准，具有进出口贸易经营权。子公司为宁波汇星境外就业服务有限公司，已获得中国劳动和社会保障部批准的境外就业中介许可证，并已开展境外就业中介业务。

公司现有员工50人，其中大专以上学历者45人。公司在通讯、电脑设施、财务管理等软件系统方面，具备较强的优势，在轻工日用产品、机电产品、纺织品、手工艺品等各行业产品贸易方面，拥有相当数量的稳定客户。

2006年实现销售额4.4亿人民币，利润总额737万元。杉杉企业于2004年投资330万元，占股为33%。

38

宁波银行

关键词：新星、合作、地方性股份制、商业银行

　　宁波银行已经成为中国股市中的一颗耀眼的新星，这对于杉杉的战略具有见证性的意义。

　　21世纪的人们，迎来的是金融、高科技和现代服务业的时代。商业银行作为重要的金融机构，是杉杉股份公司的一个重要进取方向。杉杉股份公司在上世纪90年代初，即投资设立了杉杉信用社，开始涉足银行业。后因国家有关政策调整，包括杉杉信用社在内的宁波市所有的信用社合并成立了宁波市合作银行。

　　这是一家具有独立法人资格的地方性股份制商业银行，宁波杉杉股份有限公司成为宁波市合作银行股东之一。

　　1997年4月10日，宁波市合作银行更名为宁波市商业银行，全行下辖68个分支机构，网点覆盖宁波全市。

　　经过几年的努力，宁波市商业银行凭借良好的区位优势，秉承"以客户为中心，以市场为导向"的经营理念，孜孜探索地方商业银行的管理模式和办行路径，在促进各项业务稳健、快速发展的同时，逐步形成了适应市场需要的业务运行机制和管理模式，构建了运行高效、管理科学、规范有序的扁平化业务运行机制和管理流程。目前，宁波市商业银行是国内资产质量和财务表现最佳的银行之一，资产质量和财务表现跻身于中

国银行最高水平之列。截至2006年12月31日，在没有注资和剥离的情况下，宁波市商业银行的不良贷款为0.3%。同时，拨备覆盖率高达405.3%，远高于国内上市银行的平均水平。宁波市商业银行亦是国内盈利能力最高的银行之一，2005年平均净资产收益率为23.8%。同时，宁波市商业银行还是中国资本充足率最高的银行之一。

目前按照一级资本排名，宁波市商业银行在浙江省法人资格银行中排名第1位，在全国排名第18位；2005年在全球1000强银行中排名第937位。在全国城市商业银行财务竞争力排名中名列第1位，监管评级被评为2级。到2006年12月底，全行总资产565.5亿元，各项存款461.9亿元，各项贷款281.4亿元，资本充足率11.5%，核心资本充足率9.7%，实现拨备前利润8.7亿元，净利润6.3亿元，股本收益率32.5%。初步成为一家资本充足、运行良好、盈利水平较高的地方股份制商业银行。

2007年4月，宁波市商业银行经批准，正式更名为宁波银行，业务范围也由仅限浙江一省的地方性银行，扩展为全国性的商业银行，宁波银行迎来了更加广阔的明天。

2007年6月22日，中国证监会通过宁波银行首发申请。7月19日，宁波银川（SZ002142）登陆深交所，成为中小板首只金融股。

西联铜箔

关键词：铜产业链、西部开发

2007年7月25日，青海西矿联合铜箔有限公司(简称西联铜箔)年产10000吨高档电解铜箔工程项目在青海开工。该项目一期工程总投资75339万元，是西部最大的铜箔项目，计划2008年年底投产，达产后预计年销售收入10亿元。

在中科英华青海西联铜箔项目奠基仪式上，公司董事长陈远表示：2007年3月中科英华与西矿集团签订了框架性协议，这次是落实框架性协议的第一步，除下游的铜箔项目合作外，未来在中上游也将与西矿集团合作。中科英华的目标是争取2－3年，在铜矿、铜线、铜箔形成完整的产业链，使铜产业成为公司重要的产业链条。

陈远表示，铜是公司未来发展的重点，这次建立西联铜箔只是第一步，虽然公司和西矿集团达成约定，适当的时候要向上游发展，但仍计划与西矿集团合作开采和下游产业规模相匹配的铜矿，为公司短期利润提供支撑。当然，公司未来在铜产业发展方向上，目标仍是建立完整的产业链条。

公司铜箔产业已经有了14年的积累，目前惠州电解铜箔的产能为2500吨，2006年实现营业收入1.5亿元。这次公司青海西联铜箔的年产能将达到10000吨，比惠州的产能提高几倍，而且青海西联铜箔享受8年免税期，两年减半，当地的电费只有两角多，公司在铜箔项目下做无氧铜杆，由西部提供电解铜，拉成线、丝，做成铜箔，也为将来提供电线、电缆。目前西部一年可以提供5万吨铜材，未来2－3年可以提供8万吨。结合铜及公司在感性高分子材料的优势，发展电线、电缆将成为公司未来论证的方向。电线、电缆不仅需要铜材量大，而且市场容量也很大，全国有200亿元的电线、电缆市场。中科英华将定位在高科技产品上，利用在资源方面以及公司传统的外部绝缘材料、感性高分子材料的优势，切入到电线、电缆市场。公司在这一领域具有竞争优势，许多热缩材料是为电线、电缆配套的。

陈远表示，中科英华的发展策略是抢占资源、积累技术、争夺资本，争取成为有社会影响的专业型大公司。

2007年8月21日，中科英华刊登公告，拟通过西联铜箔新建年产10000吨电解铜箔项目的募集资金投入方式的修改，使西联铜箔的注册资本将增加至76389万元，成为公司的全资子公司。

据中国电子材料行业协会覆铜板分会的统计，2006年我国市场需求铜箔约14万吨以上，其中国内生产8万吨，出口3.9万吨，进口10万吨，尤其是高档电解铜箔几乎全部依赖进口，因此，该项目市场前景广阔。

在奠基仪式上，郑永刚激情满怀，他说："今天，西联铜箔成功奠基，标志着杉杉'大企业进入大行业'战略的深化，我们将举全杉杉之力，支持中科英华与西部矿业的合作，力争项目早日投产达产，全力打造具有国际竞争力的铜产业链条，为民族产业的振兴贡献绵薄之力。"

作为中国知名企业家，郑永刚还说："西部，将成为中国经济发展的又一热点，青海将成为中国西部经济重镇，是国内民营企业心中的圣地。青海接纳杉杉，接纳中科英华，是杉杉之幸，是杉杉之福。今天，我们迈出了一小步，但代表着东部民营企业迈出了一大步，我们将在东部大企业、大企业家中宣传青海的独特优势和开放政策，争取带领更多的民营企业、民间资本进入青海，来体验巍巍昆仑的豪迈，来体验中华源头的壮美，真正融入西部开发的时代洪流，真正实现产业横向转移，为西部的复兴作出我们应有的贡献！"

郑州电缆

关键词：大企业进入大行业、铜产业链

2007年9月7日，杉杉旗下劲旅中科英华（600110）持股65％的郑州电缆有限公司在郑州举行隆重的成立庆典仪式。这标志着中科英华成功重组郑州电缆（集团）股份有限公司（以下简称郑州电缆），在原有上游铜资源和电缆用热缩材料的基础上，公司产业链得到进一步延伸。

2004年以来，中科英华推行以铜资源为依托，以铜、特种高分子材料等深加工技术为核心能力，逐步成为提供行业高附加值、中高端产品的全球重要供应商的发展战略。基于此项战略，中科英华近年来一直积极对外投资，打造科学的产业链。中科英华与西部矿业在铜矿和铜的深加工项目上相互参股，结成战略联盟。这使得中科英华的发展战略有了强有力的资源支撑。

中科英华董事长陈远把与郑州电缆的合作称为"一种可贵的'良缘'"。中科英华一方面具有上游铜的资源，可规避铜价波动的风险，而且通过与西部矿业的合作，拓展了企业矿用电缆的市场；另一方面原主营业务热缩材料是电线电缆的基础材料，电缆接头、电缆附件及封头帽等均为电线电缆的配套产品。基于这两方面综合配套优势，中科英华一直在寻求进入电线电缆行业的契机。

郑州电缆创建于1959年，目前注册资本为7545万元，主要经营电线电缆和电工专业设备的制造、销售与进出口业务。郑州电缆是我国线缆行业大型重点骨干企业，综合实力在同行业中名列前茅，在国内外市场具有广泛的影响和良好的声誉。郑州电缆拥有国家级企业技术中心，产品可按国际标准生产，亦可根据用户不同要求,设计开发非标产品及特殊用途的特种电缆产品,产品研发和设计能力始终处于行业领先地位。

中科英华在得知郑州电缆改制信息后,意识到"郑缆"品牌的价值所在;并且,企业的并购关键是人才的购并,而郑州电缆的技术力量和人才资源仍保存良好;同时郑州独特的区位优势,也蕴涵着极大的市场潜力。这些都是中科英华谋求进入电线电缆行业的关键要素。而中科英华在电缆产品上游的配套优势,以及在资金实力和资本运作方面丰富的经验,也都是郑州电缆所看重的。这样,在郑州市政府领导及各职能部门的鼎力相助下,郑州电缆改制重组快速向前推进。

9月3日,中科英华董事会通过了上述重组郑州电缆事宜。9月5日,中科英华与郑州投资控股有限公司、郑州电缆集团有限责任公司、中润合创投资有限公司签订《出资协议书》,共同出资3亿元成立郑州电缆有限公司。9月7日,郑州电缆(集团)股份有限公司正式挂牌成立。

中科英华重组郑州电缆后,将为其注入新的机制和理念,以"情、义、容、信、直"这一充满活力的企业文化,秉承和发扬"郑缆"品牌的内涵,凝聚各路人才,迅速启动生产,重塑市场形象。与此同时,中科英华将背靠中科院,依托长春应化所和上海电缆研究所、武汉高压研究所等战略伙伴的支撑,在未来线缆高新技术领域拓展和新产品研发上,特别是在绝缘材料的改进、高附加值产品的品质和性能上,花大力气,力求新的突破,努力以技术进步求发展,整合行业资源,增强企业的核心竞争力。

郑州市政府领导认为,此次重组不仅有利于郑州市的经济发展,有利于企业做大做强,有利于职工安置和社会稳定,更有利于继续发扬光大"郑缆"这一民族品牌,实现双方的优势互补和互惠互利,达到多方共赢的目标。

2007年以来,中科英华先后与西部矿业达成战略合作、在西宁新设万吨铜箔厂、购并郑州电缆,这一连串的战略举措使得中科英华集矿产资源开发、电线电缆、高档铜箔等资源深加工于一体的产业链日趋完整。

一个联合国工业发展组织战略支持的大型科技项目，出自杉杉的创意。

　　一个跨区域、跨领域的合作项目，出自杉杉的极大努力。

　　中科廊坊科技谷项目，这是河北省政府、中国科学院与杉杉共同建设的崭新项目，也是联合国在发展中国家的唯一高新科技国际合作示范项目。基地选择在京津走廊上的明珠城市——廊坊。

新能源、新材料

投资重组

2.5产业

新经济

41

杉杉工业城

关键词：雄心壮志、时代记忆

老一些的杉杉员工还记得，工业城里有一条小路，路上铺的是刻着每一个员工名字的石块，两千多块石头刻着两千多人的名字，在林间延伸。那时候，员工们觉得很自豪，他们在和杉杉一起创造历史。

1998年夏天，杉杉工业城建成投产。此时的杉杉，经过10年的发展，已经成为产量最大、销量最大的服装企业，1997年市场占有率达到了37.2%。就是说，当时在中国，每三个穿西服的人里，至少有一个穿的是杉杉西服。"杉杉西服，不要太潇洒"，成了一个时代的记忆。

杉杉需要更大的空间，需要全新的形象。杉杉工业城应运而生。

位于宁波南门鄞州中心区天童北路东侧的杉杉工业城是一座布局宏大、环境幽雅的现代花园式工业城，占地150万平方米，首期投资2.3亿元，按照国际一流的标准设计建造，是当时世界上规模最大、工艺设备最先进的服装工业园，全面体现了21世纪大工业的特点，集生产中心、管理中心、生活中心、开发中心、GCMS工程、仓储中心于一体，生产全部采用国际一流的全自动吊挂式流水线操作，具有年产50万套高级西服和200万件高档衬衫的生产能力，其中

年产25万件日本风格的西服生产线，由日本专家直接管理，年产 25 万套意大利风格的西服生产线由意大利专家管理，工业城全部引进德国、日本、意大利等国最先进的服装生产设备，由德国专家在中国设计、安装和调试。

那一年，德国人在中国谈了两个有趣的项目，一个是杉杉的生产线，一个是上海的磁悬浮，都是在德国尚未投入应用的项目。杉杉西服生产线，不但实现了全自动、全吊挂、全封闭的恒温、恒湿生产，而且工艺定位、生产流程等方面的软件应用在国际上也是首次。这些高科技的应用，克服了以往西服生产过程中存在的一些技术难点，使之更科学、更合理，实现了一流的生产工艺与一流的生产设备的完美结合。这对于杉杉跨世纪的二次创业，进入国际市场，对于实现中国服装产业升级的革命，对于推动世界服装事业的发展，都具有划时代的意义。

每天，2000 套西服从生产线上缓缓流下，这对于中国服装界来说，是一个梦；对于那些刚从日本和意大利培训归来的杉杉研修生来说，是一份体面的工作。如今，这一拨人已成为杉杉生产技术骨干，仍然守在流水线上，实践着他们时尚中国的梦想。

2006 年 10 月，因地方政府规划变更，杉杉工业城完成历史使命，整体迁至时尚产业园，同时搬走的，还有那条镌刻着所有员工名字的林间小径。

42 杉杉时尚产业园

关键词：时尚与创意、多品牌、国际化、时尚摇篮

亲爱的爸爸妈妈
你们好吗
现在工作很忙吧
身体好吗
我现在宁波挺好的
杉杉的工厂像是家
有花有草还有河
真比公园还漂亮
所以就叫时尚园
我们每顿吃得饱
宁波的海鲜真好吃
我的工作不算累
经常培训学文化

我买了一套西服给爸爸
这是儿子自己做的呀
以前儿子不太听话
现在懂事他长大啦
当我们想起远在家乡的
亲人时
想起爸爸苍老的大手
想起妈妈慈祥的目光时
我们是否应该向他们去
一封家书
今年春节我一定回来
灯了先写到这吧
此致敬礼
此致那个敬礼

2006年冬天，杉杉企业春节联欢晚会上，一位来自安徽的小伙子唱着自己改编的《一封家书》，深情而又投入。杉杉时尚产业园——让这个流水线上的年轻人真心留恋。据《宁波日报》报道，2007年春节后，宁波服装企业出现大面积民工荒，很多企业节后员工报到率大幅下降，造成停产。而在杉杉，所有的人都回来了，因为"杉杉是我们的家"。

　　时尚是一个生态链，时尚的最终产品诞生于并不时尚的人的手中。笃信"环境能够改变人"，杉杉企业，希望以时尚的精神打造时尚的品牌，以时尚的园区缔造时尚的产品，以时尚的环境塑造时尚的心灵，以时尚衡量，杉杉时尚产业园可谓登峰造极。

　　从杉杉工业城到时尚产业园，从城到园，杉杉似乎小了。城，代表的是杉杉人"立马沧海，挑战未来"的雄心壮志；园，代表的又是精雕细刻、和谐发展的回归。时尚园，着意时尚，着意品牌，超越了传统大工业的局限，超越了以产能论英雄的窠臼。目前，园内集中了杉杉服装系近20家公司，杉杉旗下的22个服装品牌公司几乎全部集中在园内，精英会聚，让时尚园成为杉杉集团多品牌的后方、国际化的窗口，成为时尚的摇篮、品牌的摇篮。

43 杉杉科技创业园

关键词：企业理念、科学技术、新模式、三院一校

在当代中国，由政府牵头的科技创业园比比皆是，然而由民营企业来运作的科技创业园，据我们的了解还仅杉杉一家。

杉杉基于这样的认识：在经济高速增长的今天，科技是经济社会发展的动力。千百年来，人民用智慧和汗水追赶时代的步伐，从文明古国的四大发明到现代化进程中载人飞船的太空遨游，中国永远让世界惊叹！科学技术是第一生产力，无数科技工作者奋战在一线，为全人类的发展默默无闻、兢兢业业地工作。

杉杉又基于这样一种企业理念：以科技振兴经济，以经济振兴祖国，这是杉杉科技的目标。"科技走向高端，操作走向民营"，杉杉科技以创新为先导，以高科技项目产业为支柱，利用民营企业在体制活力、资本活力、经营管理活力上的优势，走出一条推动实验室成果走向产业化的成功之路，开创我国区域科技发展的新模式。

杉杉更基于这样的自信：真正的园区式的运作应当是市场化的，只有这样，才可能更符合经济运行的规律。杉杉看到许多昙花一现的园区，看到那些只有建筑没有工业人文的产业区域，更看到半截子园区的创业悲歌。杉杉说，我们也来搞一个，看看民营园区的手艺。

宁波杉杉科技创业园以新材料、新技术、新名牌为依托，既是杉杉企业对外科技合作的窗口，又是高新成果孵化和科技型企业的培育基地，同时也是相关产业硕士、博士等高端人才的培育基地。杉杉科技创业园坐落在宁波市西部，周围的公路、铁路、航空、海运便利发达，基础设施一应俱全，是最适宜高新技术和都市时尚产业创业和发展的地区之一。园区纵横广阔，地势舒缓，河流蜿蜒贯通，形成独特的濒水景观，有着优美的自然生态环境。

杉杉科技创业园现已建成的占地面积为2180亩。入园企业、项目有76个，成功孵化和成果转化项目有35个，其中杉杉自有、控股和参股投资项目43个，已建成以"三院一校"为依托的科技孵化和产业化园区。

目前杉杉创业园主要项目情况一览表

项 目 名 称	项 目 来 源	项目类型
锂电池负极材料中间相炭微球	鞍山热能院炭素研究所	高新材料　国际领先
核反应堆专用各向同性三高石墨	杉杉科技张殿浩总工程师	高新材料　国际先进
大功率锂离子动力电池正极材料——磷酸铁锂	国防科技大学俞唯杰教授	高新材料　国际先进
航空、航天用高级涂层材料 G60	杉杉科技李辉副总工程师	高新材料　国际先进
燃料电池专用等静压石墨碳极板	中国炭素协会杨国华理事长	高新材料　国际先进
碳纳米管导电剂	中科院成都有机化学所于作龙教授	高新材料　国际先进
黏性内表面热缩管	中科英华自主研发	高科技产品　国际先进
18 微米铜箔	中科英华自主研发	高新材料　国际先进
磨擦换向智能油田抽油机	中科英华和哈尔滨工业大学合作研发	高科技产品　国际先进
年产 3000 吨镁合金	耐特镁业与兵科院宁波分院合作研发	高科技产品　国际先进
高级合金材料	兵科院宁波分院研发	高新材料　国际先进
年产 25 万吨高档纸及纸板	鸿运纸业自主研发	高科技产品　国内领先
钕铁硼磁性材料	宁波科创磁业自主研发	高新材料　国际先进
纺织机、注塑机的电控系统以及纺织品及原料的测试仪器	宏大科技自主研发	IT 科技　国际先进
高级冶金设备	中超机器和国家连铸连轧技术研究中心合作研发	高科技产品　国内领先
传感器及导电塑料电位器	华耀和哈工大共同研发	IT 科技　国际先进
网络型可编程门禁系统控制	中税网络自主研发	IT 科技　国际先进

项目名称	项目来源	项目类型
智能化仪器及电源电子产品	中策仪器自主研发	IT科技 国际先进
建筑智能健康监测系统及光纤光栅传感器、磁流变液阻尼器	杉工结构监测与控制工程中心自主研发	IT科技 国际先进
空气源热水器	超迪科技自主研发	高科技产品 国内领先
汽车部件	远东汽车自主研发	高科技产品 国内领先
节能电器	宇斯浦电器自主研发	高科技产品 国内领先
杉杉国际时尚产业园	杉杉企业与国际著名时装设计师共同开发近30个国际时装品牌	时尚产业 国内标准
宁波空港物流中心	杉杉企业、宁波交通投资控股公司、宁波望春工业发展投资公司、宁波栎社国际机场共同出资建设	物流产业 国际领先

44 中科廊坊科技谷

关键词：创新项目、中心环节、集聚、梦想之城

一个联合国工业发展组织战略支持的大型科技项目，出自杉杉的创意。

一个跨区域、跨领域的合作项目，出自杉杉的极大努力。

中科廊坊科技谷项目，这是河北省政府、中国科学院与杉杉共同建设的崭新项目，也是联合国在发展中国家的唯一高新科技国际合作示范项目。基地选择在京津走廊上的明珠城市——廊坊。

廊坊，有"北方花园城，京津一肩挑"的美誉，如果在北京与天津两座城市之间划一条直线，直线的中点就是廊坊。明眼人一看便能明了，这一区位所具有的特殊战略优势就在于，她既能得到北京这一中国文化科技中心城市强大的智力增援，又能连接天津的港口与工业优势，同时，她又是正蒸蒸日上的环渤海湾经济区的腹地。

这是一片价值无限的沃土，就像一块巨大的璞玉，需要寻找到一个力点，然后四两拨千斤地把她的价值提升起来。

在杉杉的环渤海湾战略研究中，杉杉人慧眼独具地看到了这座曾经因义和团抗击外侮而出名的小城，决定用浓墨重笔在此作一番"大写意"。杉杉立意的基点是2005年10月的十六届五中全会，因为这次会议明确地将增强自主创新能力作为国家科学技术发展的战略基点和调整产业结构、转变增长方式的中心环节。

一个大企业的战略，如果能与整个国家的战略连接，那就表明了它的前途所在。

2006年6月，中央批准天津滨海新区成为"继深圳经济特区、上海浦东新区之后，又一带动区域发展的新的经济增长极"，"三驾马车"并行，象征着中国改革开放版图由南向北的推进。

于是，杉杉联手中科院和河北省政府，启动了这一庞大的创新项目。

中科廊坊科技谷首期规划用地面积5000亩，坐落在国家级高新科技产业园区——廊坊经济开发区内，地处环渤海经济圈京津走廊黄金轴线，区位交通优势明显，位于距首都机场、天津新港等重要枢纽一小时路程的交通圈内。

中科廊坊科技谷的定位是全球第四代科技园区，以科技为先导，以金融为支撑，以环境为依托，集合科技研发、成果孵化、技术交易、金融服务、现代物流、生活居住、商业配套等功能于一体，营造多元复合、生态共融、世界一流的金融与科技创新之城，打造具有中国特色的"硅谷"。

中科廊坊科技谷依托北京、天津两大城市的科技资源，集聚国内外科技成果、集聚海内外创业精英、集聚国内民营资本、集聚国际风险投资基金、集聚中央和地方科技政策，以创新研发和创意产业为两翼，推动生物医药、电子信息、环保技术、新材料、新能源等领域的开发孵化，推动工业设计、软件设计与外包、传媒新技术、时尚设计、影视动漫等创意产业的成长，建设高技术含量、高知识聚集、高附加值、高管理水平的2.5产业升级园区。目前已联合国家科技部、中国科学院在园内设立国家级技术交易中心、科技成果孵化转化中心。

中科廊坊科技谷与英国剑桥大学建筑规划设计院合作，运用生态科技，创造富有弹性的混合组团式规划设计，倡导"自由和自在"的人文关怀，关注自然生态环境的塑造与维持，营造"工作在其中，生活在其中，休闲在其中"的人居环境。

中科廊坊科技谷，激情创业的梦想之城！

中科廊坊科技谷，诗意人居的梦想之城！

45

高新技术孵化器

关键词：科技之路、宁波、科技成果、孵化器

　　这也许正是杉杉在科技领域中的一个重大创举，也是杉杉回报故土的一种特殊的方式。

　　一般地说来，任何科技的实验室成果，在走向工业化的过程中，都有一个漫长的过渡期，它需要一系列工业化要素的介入，从核心技术的工业化流程的实现到成本控制，直至产业的设计包装。这个冗长的过程并非易事。而另一方面，解决了工业化的技术，还必须有企业运作的配套，这一道理读者诸君应当更为明白，因为这是我们一直在说的产品经济与市场经济的区别。

　　杉杉在自己的科技之路上，已经积累了许多合作关系，也积累了许多经过工业化设计改造后可供中小企业运作的科技成果。能不能在杉杉的指导和支持下，让中小企业共同参与技术的工业化过程，并在其间一举两得地实现对企业动作成熟度的催化？这就使人们想到了禽类的"孵化"。

　　杉杉的故土宁波，不乏一批富有创造精神和聪明才智的中小企业，他们亟需产业和科技的扶持。于是在杉杉科技园区里，出现了一种"产业孵化器"，杉杉与兵科院宁波分院、化工业第二设计院、中科院下属多家院所及哈工大建立了以"三院一校"为依托的科技孵化和成果转化中心，建成了杉

杉科创基地,并形成了一整套完善的科技成果孵化和成果转化的办法和流程。

通过积极的探索和努力,目前宁波杉杉科技创业园已有多项科技成果孵化和转化的项目。

哈工大安全监测和智能结构中心

业务范围: 结构健康监测与控制系统的研究开发; 结构监测智能传感器的设计生产; 结构控制智能减振器的设计生产; 结构健康监测与控制工程项目的实施; 相关技术产品咨询等。

技术实力: 杉工监控设立专家委员会,由哈尔滨工业大学欧进萍院士担任首席专家。欧进萍院士及其课题组作为杉工监控的坚实后盾,有力地保证了杉工监控强大的科研力量及工程实施能力。杉工监控是产学研有效结合的体现,现拥有员工数十人,90%具有本科以上学历,其中具有硕士、博士学位的超过员工总数的60%,是一支充满活力与创造力的团队。

索尔达面电热项目

宁波索尔达面电热高科技有限公司是中国杉杉集团的直属高科技公司,专业从事新型面电热元件的研发、生产和二次应用,经过多年的科技攻关,研制出具有革命性的绝缘基材表面改性面电热技术及其制造方法(以下简称面电热技术),并获得了国家发明专利。

目前公司已经达到工业化生产水平,不仅实现了面电热产品的元件化、部件化、标准化、系列化生产,还开发、研制、投产了多项实用新型专利产品。其中有的已被列为国家级新产品,并在国内外多次获奖。首创的高效节能型面电热锅炉已经问世,并获得了国家实用型专利。

中方荣深水高温压力传感器项目

"硅－蓝宝石高低温顺智能压力变送器"项目列入国家"九五"863高技术研究发展计划,其产品整体上达到国际先进水平。目前正在开发研制的,在国内外具有广阔市场前景的高技术产品"特高温(150度)硅－蓝宝石深井油田井下高温高压测试系统",也列入了国家"十五"863高技术研究发展计划。

该项目的实施将带动中国传统电子元器件产业的发展,并可积极参与国际竞争,提高中国自动化仪表产业的整体水平；将大幅度提高国内采油生产的技术水平以及国内采油设备在国际市场的竞争能力。

水处理项目

选择造纸业废水处理中水回用为突破口，与各技术方展开合作。用膜技术和非膜技术在造纸厂废水处理区实地进行了试验机连续运行。现已向用户提供两套规模化处理方案。

小型质谱仪项目

质谱仪是一种用于检测和分析各种物质成分的科学分析仪器，被广泛用于科学技术研究和生产中。我国目前还没有一家成规模的质谱仪生产厂家。国内各单位使用的质谱仪器，尤其是高质量的生物质谱仪全部依赖进口。目前杉杉源创公司的小型化四极质谱仪处在中试阶段，到2007年底已研制出两台小型可商业化质谱仪样机。

动力锂离子电池正极材料

该项目现已完成中试，并得到数家客户认可。

磷酸亚铁锂（LiFePO4）是锂离子电池的一种新型正极材料，它具有卓越的优点：非常安全，循环性能更好，比容量较高，耐过充和过放的能力大大高于钴酸锂和锰酸锂、高温性能好，不使用战略资源钴，价格低，环保、清洁无毒。磷酸亚铁锂是一种很有潜力的新型正极材料，它的社会效益和经济效益非常可观。仅电动自行车产业的正极材料磷酸亚铁锂年需求量就达1250吨。

全固态薄膜电池项目

复旦大学化学系激光化学研究所的研究小组在国内率先开展了全固态薄膜锂离子电池的工作，在国家安全973致密能源项目资助下（2001−2005），对国外在该研究领域的发展情况一直进行跟踪。目前实验室已经成熟，正在进行小试阶段。中试到杉杉科技园区内的杉杉科创基地进行。

全固态薄膜电池可应用于：RFID电子标签、智能卡、微电子器件、半导体器件、医学移植、智能消费产品、永久集成电源系统。

应用薄膜技术，提高了电池能量密度，使它可以被集成在产品封装中或电子器件中。

46

杉杉国际大厦

关键词：高度、方正、后现代

　　杉杉在宁波建了多少幢楼，杉杉人自己也说不清。但他们知道，杉杉国际商务大厦将是一个让人自豪的杉杉象征。

　　宁波市鄞州区南部商务区，一幢方正典雅的大楼引人注目。郑永刚说，杉杉文化的第一要义是正直，正直的企业才能可持续发展，方方正正的大厦象征内敛、自信、稳步进取的杉杉君子文化底蕴。建筑从下向上分为4段，每段6层，每段立面组合元素相同，但旋转90度，从而暗喻杉杉集团发展"节节高"的进取态势。在每段设置暗喻杉杉集团标志的元素——6层通高的"杉杉"S型玻璃幕墙，曼妙多姿。

　　杉杉国际商务大厦总建筑面积为43392平方米，包括：地上26层，建筑面积37130平方米，地下2层，建筑面积6262平方米。建筑基底面积为1834平方米。于2007年5月中旬开工建设，2009年年底交付使用。

　　承担大厦设计的清华大学张利教授说："杉杉集团作为中国民营企业成功的代表，已走向成熟期，成为了具有相当深厚声誉积累的、高竞争力的上市企业。其办公环境和企业形象应以独到的方式体现。我们的设计正是以找寻为杉杉集团提供彰显君子文化企业形象、高城市质量的人文化新型商务中心、具有后工业化基本特征的办公环境这三个基本策略的解决方案为设计出发点的。"

　　大楼还在拔节般生长，我们仿佛听到杉杉成长的声音，仿佛触摸到一代中国民营企业向上生长的力量。

47

Studio I. F. F.

奥特莱斯

关键词：国际化、商业模式、老大地位

"奥特莱斯将成为改变都市白领生活方式的一种商业模式。"郑永刚充满自信。在中国服装界，郑永刚的话极具权威。

在很多人还不知道"奥特莱斯"是什么的时候，杉杉已开始奥特莱斯的全国布局。

奥特莱斯（Outlets），意为"出路、出口"，用于销售名品过季、断码、下架商品，被称为"品牌直销购物中心"或"品牌折扣中心"，最早出现于美国，这是一种流行欧美的成功业态。其三大特点是：驰名业界的品牌、令人惊喜的低价、轻松的购物氛围。奥特莱斯"名品＋折扣"的销售模式深受广大消费者欢迎，正逐步蔓延全球（东南亚、日本、韩国和中国的香港、台湾等）。

2002年12月，奥特莱斯登陆北京，燕莎奥特莱斯成为中国首家规范的品牌直销购物中心；2003年10月中旬，奥特莱斯抢滩上海；2004年，西班牙迪亚专业折扣店进入北京；2005年，南京迎来第一家先锋奥特莱斯，等等。自北京燕莎开业以来，全国各地已开办了200多家奥特莱斯商场，奥特莱斯正走红中国。上海青浦奥特莱斯品牌直销广场开业仅八个月，主营业收入已超过3亿元，销售规模突破4亿元，2007年一季度的销售额已达2亿元人民币。每逢周末顾客达8000车次／日，平日的顾客也已达2500车次／日。

建造奥特莱斯是杉杉集团时尚产业园建设的重要项目之一，现该项目已进入规划实施阶段。第一个由杉杉主导的奥特莱斯已于2008年在宁波开工建设。

目前，杉杉已斥巨资参股有"中国最大的奥特莱斯"之称的上海服装城。上海服装城是顺应零售业发展潮流、依托上海国际化城市背景，结合欧美奥特莱斯成熟业态发展经验，实行中国本土化创新，实现规模升级、容量升级、功能升级的奥特莱斯"升级版"。经营欧美顶级品牌，日本、韩国等知名品牌，更有众多国内知名品牌；兼营其他服饰、珠宝、美容护肤、家纺、皮革等；配有餐饮、娱乐、休闲、超市、银行、电信、邮政等服务业。此外，服装城还将举行主题服装时尚盛会、天井T台品牌发布会，是集品牌孵化、品牌展示与交流、电子商务、休闲娱乐于一体的大型主题文化购物乐园。

奥特莱斯是舶来品，杉杉拿来以后打上杉杉的色彩，赋予新的内涵和使命。杉杉的目标是在全国建立20个奥特莱斯，"国美的价值比海尔大，奥特莱斯的价值也会超过杉杉本身"，杉杉正雄心勃勃，以奥特莱斯为核心，力图快速进入最具价值的服装市场产业链，重执牛耳。

48 空港物流中心

关键词：空港物流、长三角南翼、26874.09万元、综合型物流园区

当今中国，临空经济作为一个重要的经济类别越来越受到人们的关注。临空经济实质上是依托机场优势发展起来的区域经济，随着经济全球化进程不断加快，大型国际航空港日益涌现。枢纽型机场所特有的集聚效应，使各种优势资源逐渐向机场周边地区集中，形成密不可分的统一体，进而发展成为临空经济区。在这一新形势下，空港物流作为为其配套的、现代服务业的新的形式，也越来越为人们所重视。目前，国内北京、天津、深圳等城市已设立专门的空港物流区。

宁波作为长三角经济区南翼的重要的港口和经济中心，设立空港物流区对带动临空港经济的发展，推动海、陆、空联运，对宁波以至整个长三角南翼经济的发展，都有积极的作用和深远的意义。

2006年5月，杉杉与宁波交通投资控股有限公司、宁波望春工业发展有限公司、宁波栎社国际机场共同投资设立了宁波空港物流发展有限公司，开发建设宁波空港物流中心。

项目位于宁波杉杉科技创业园区内南新塘河以北、杉立路以南、杉杉路以东、聚才路以西，占地面积为164749

平方米，根据宁波市物流业发展的功能定位和物流园区建设的总体规划布局，依托栎社机场和宁波经济的发展而设立，是《宁波市现代物流发展规划》中"一主六副"七个物流园区的重要组成部分，定位为时效性区域运送和市域配送型相结合的空港物流中心，主要提供宁波南部商业及工业配送服务、国际航空物流服务，具有保税功能。

该项目将建设成为浙江省第一家B型保税物流中心，主要包括保税仓储区、经营配套区、综合服务区三大功能区域。项目将依托政策优势、信息技术和现代物流技术，建成宁波市保税物流产业发展的重要载体和培育基地，成为宁波市乃至浙江省保税货物仓储中心、国际配送及采购中心、深加工结转中心、进出口及转口贸易中心、口岸服务中心，并具备为入驻企业提供仓储、设备、房屋等租赁业务和停车、物业等基本的服务功能。项目总投资26874.09万元。

宁波空港物流中心将充分运用信息技术、现代物流技术和现代经营理念，利用空港物流中心的地理优势，建设成为集保税物流、航空物流、临港物流及综合服务于一体的综合型物流园区，为宁波及长三角地区的经济发展提供服务和支持。

久游网(www.9you.com)是什么？玩电脑游戏的朋友都知道，那是中国著名的游戏网站。但是他们都不知道的是，那也是杉杉投资的产业，那是杉杉一个非常成功的风险投资项目。

新能源、新材料

投资重组

2.5产业

新经济

久游网

关键词：网站、风险投资、2亿、高品质

久游网（www.9you.com）是什么？玩电脑游戏的朋友都知道，那是中国著名的游戏网站。但是他们都不知道的是，那也是杉杉投资的产业，那是杉杉一个非常成功的风险投资项目。

这个网站始建于2003年，从最初的2500万元投资开始，通过4年来的不懈努力，并引进凯雷、软银等国际著名风险投资及软件开发商，目前已成为中国领先的网络游戏运营商之一，中国第一家集各类网络游戏、时尚数字娱乐、互动社区、移动增值服务等为一体的全新形态的互动娱乐门户网站，为全球华文用户提供最酷、最新、最全的一站式多平台在线娱乐服务，致力于通过数字娱乐服务来丰富人们的生活。久游网目前主要运营以《劲舞团》、《劲乐团》和自主研发产品《超级舞者》、《超级乐者》为代表的音乐舞蹈模拟类网络游戏，以《劲爆足球》为代表的劲爆系列体育模拟类网络游戏，以及以《疯狂卡丁车》为代表的疯狂系列竞速模拟类网络游戏。网站建立以来，已荣获"2005年度上海信息服务行业优秀服务品牌"、"2006年度中国游戏行业优秀企业"、"2006年度中国十佳游戏运营商"、"2006年度中国十佳游戏开发商"等称号；通过ISO9001国际认证；入选2006年度Red Herring（红鲱鱼）"亚洲最佳成长企业100强"，成为"亚洲地区正在升起的明日之星"之一。

目前，久游网总注册用户数突破2亿，总同时在线人数95万，其流量在国内网游行业中已位居第一，成为全球最大的网络游戏用户社区之一。久游网已运营了10来款高品质的网络游戏产品。

传感技术

关键词：智能型、遥感技术、863、国际市场

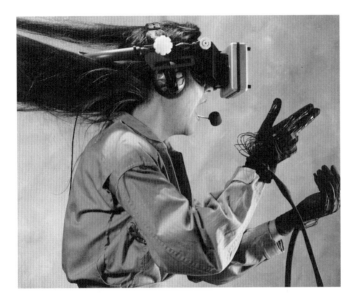

说到石油，就会想到高高的井架，想到从这高高井架往地下钻探下去的长长的钻杆，那钻头甚至可能钻到地下几公里处的储油层，于是地下高压压迫着原油顺着探孔源源流出。当然控制不好，也会造成井喷。当强大的压力下的油和天然气喷出地面的时候，灾难也就发生了。

我们有没有办法提前知道可能井喷的信息？只有提前得知这个信息才可能使地面上的人们及早采取防范的措施。世界上有多少油田，大家都期望着，期望着有一个智能型的钻头，它不但能顽强地穿透岩层，而且能将地下的信息及时地告知地面的人们，这有可能吗？

形成井喷的主要原因是超强的地下压力，而人们期望的，其实就是智能型的压力遥感技术。这个技术，在杉杉实现了。

"硅－蓝宝石高低温顺智能压力变送器"，正是这一智能化的遥感器。这个项目被列入国家"九五"863高技术研究发展计划，其产品整体上达到国际先进水平。目前正在开发研制的、在国内外具有广阔市场前景的高技术产品"特高温(150度)硅－蓝宝石深井油田井下高温高压测试系统"，也被列入了国家"十五"863高技术研究发展计划。

该项目的实施将带动中国传统电子元器件产业的发展，并可积极参与国际竞争，提高中国自动化仪表产业的整体水平；将大幅度提高国内采油生产的技术水平以及国内采油设备在国际市场的竞争能力。

51

中国式硅谷

关键词：知识经济、创造和创新、高技术成果转化基地、高新技术产业

"城里有个中关村，城外有个科技谷"，这是对"中科廊坊科技谷"的又一种定义。

21世纪是新经济的时代，而新经济的实质是知识经济，知识经济区别于传统工业和以自然资源为主要依托的经济模式，它以高科技产业为支柱，以智力资源为主要依托。

知识经济的代表是美国的硅谷，硅谷位于美国加州至圣何塞近50公里沿公路的一条狭长地带上，汇聚了上万家高科技公司，其中不超过50人的公司约占了80%。以IT产业为主，集聚了生物、新材料、新能源、空间、海洋等新兴科技研发机构，20世纪末其产值即达到2400亿美元。

以美国硅谷为代表的新经济，其核心是创造和创新，而不仅仅是一般意义上的制造。经过半个多世纪的探索和发展，打造以科技孵化、科技创新、成果转化为核心的智慧型经济产业已成为全世界的共同认知。

胡锦涛总书记于2006年1月9日，在全国科技大会上宣布了我国未来15年科技发展的目标：2020年建成创新型国家，使科技发展成为经济社会发展的有力支撑。中国科技创新的基本指标是，到2020年，经济增长的科技进步贡献率要从39%提高到60%以上，全社会的研发投入比重率要从1.35%提高到2.5%。

"中科廊坊科技谷"项目是在中国科学院同河北省人民政府全面合作、协议的基础上，由廊坊市政府和杉杉企业共同负责，以落实国家科技自主创新、科技孵化和高科技成果产业化为重点，力争在较短时间内建设成国内领先、世界一流的科技成果产业化基地，打造成中国特色的硅谷。

"中科廊坊科技谷"项目将充分依托北京、天津环渤海经济圈的科技等软资源，引进科技人才、与大院大所合作，以高科技、新能源、新材料、IT产业、生物科技以及廊坊市政府确定的高新技术产业为核心，打造科技谷产业链。

"中科廊坊科技谷"项目要聚集民营资本，引入国外风险投资基金和创业投资基金，并通过国家和地方政府的创业基金培育、扶持和推动科技谷入园科技项目的孵化和产业化。

"中科廊坊科技谷"项目采用民营化、企业化、市场化的运营机制，在河北省、廊坊市政府的全力支持下，争取列入国家重点高技术成果转化基地。

企业之魂

"打球并不一定是老郑的兴趣所在,因为球场里面实际上聚集了一大批中国的精英,他要和他们对话。我感觉他很孤独,他的孤独在于没有思想交锋的对手,他需要对手,而在球场上,在这么一个人群里面,他能找到一些思想的交锋者。他绝对不会沉迷于高尔夫运动的,他是在寻找,寻找同类。"

一位年轻的记者说:"采访郑永刚最好是在8000米的高空,飞机穿过云层,世界在身下,这是与他相配的高度,在这样的高度听他说话,是一件容易上瘾的事。"

》《企业家

》《企业战略

》《企业文化

》《社会责任

郑会长

关键词：老大、社会责任、宁波帮

浙江商会很有趣，内部活动中，不再称张总、李总，而称为张会长、李会长，再大的老板或官员在这里有了统一的称谓。这样一种自成体系的自尊，代表着一种力量。

郑永刚很乐意别人叫他"郑会长"。前几年，杉杉内部统计过，他兼任将近20多种社会职务，很多自己都不知道，只是出于推不掉的情面。最后，只保留了有限的几个——中国服装协会副会长、上海国际时尚联合会会长、上海浙江商会名誉会长、上海新沪商联谊会会长、上海宁波商会副会长，连中国服装设计师协会副主席都辞去了。在请辞信中，他说"感谢你们对我的信任，杉杉是一艘大船，作为船长我必须心无旁骛"。

郑永刚也想辞去中国服装协会副会长的职务，但中服协不同意，"谈中国服装，绝对绕不过杉杉，绕不过郑永刚"。确实，20年来，杉杉无形中担当着中国服装领军企业的角色，一直由原纺工部部长担任会长的中国服装协会在业界的地位举足轻重，他们需要老郑这样的灵魂人物。

2003年，杉杉总部迁至上海5年了。在上海提出建设"四个中心"的时候，郑永刚给市长韩正写信，阐述"把上海建设成国际时尚中心"的设想。这一想法与市长不谋而合。于是，一个集国内外时尚品牌、时尚人士、时尚生活于一体的上海国际时尚联合会应运而生，郑永刚先是常务副会长，2005 年底出任会长。2006 年秋天，上海国际时尚联合会率领 8 个中国品牌在米兰时装周参展，这是中国品牌第一次走进世界时尚之都。

郑永刚还担任两个上海地方商会的领导。浙江商会、宁波商会，都是上海滩响当当的招牌，大佬云集，群雄会聚，几乎聚集了当下上海所有知名老板，杉杉是棵常青树，因为阳光、正直而赢得时代的尊敬。

这样一个时代，企业家的影响力是巨大的。郑永刚说："我将很快退到企业二线，到时候，我将团结长三角优秀民营企业家，在政府和市场中间，搭建一个更好的民间平台。"看来，"郑会长"还要长期叫下去，并且越叫越响。

演说家53

关键词：激情与理性、光荣与梦想

一个好的企业家往往是一个演说家。

郑永刚亦然。

当很多人认为他是一个天才演说家时，郑永刚自己却说："我的口才并不好，很多时候，几分钟的稿子我都念不好。"

因为，张扬强悍的个性注定了他不是一个照本宣科的人。

杉杉成名后，作为国内著名品牌的领军人，郑永刚受到了世界经济论坛、财富论坛乃至国内大大小小论坛的热情邀请，从此成为常客。那时候，年轻气盛，人们感受到的是"小郑"咄咄逼人的气势和"品牌战略"的强烈冲击。多年以后，已成为"明星企业家"的牛根生在央视《对话》现场与郑永刚又相逢，感慨地说："老郑，当年我可是坐在台下听你演讲的观众啊！"

越来越多的电视财经栏目出现了，郑永刚又成为了电视明星。强烈的个性化表达，使郑永刚成为编导们最喜欢邀请的企业家之一。郑永刚从来不是一个善于"太极推手"的人，一就是一，二就是二，他是以气势和逻辑吸引眼球和耳朵的。有时候，他自嘲地说："现在，我们广告做得少了，就靠我在电视上忽悠了。"

央视一位编导说："我深深被郑永刚所吸引，他的表达不是无懈可击的，但是不断冒出的思想火花常常是掷地有声。"

著名新锐财经节目《波士堂》制片人杨晖说："郑总无论在台上台下，都是一个非常真诚的人，不做秀，不推托，真汉子，真英雄！"

另一位名记这样评价郑永刚："每次坐在台下听郑总演讲，不是听他说什么，而是感受他独特的强大气场！"

还有一位年轻的记者说："采访郑永刚最好是在8000米的高空，飞机穿过云层，世界在身下，这是与他相配的高度，在这样的高度听他说话，是一件容易上瘾的事。"

而最近，在这些场合看到老郑的机会越来越少，媒体明显感到了杉杉的低调。郑永刚说："我该淡出江湖了！"

54

"巴顿将军"

关键词：行业领袖、人格魅力、个性决定成功

"中国服装界的巴顿将军"，这是业内对郑永刚的称呼。

七年的从军经历让郑永刚的身上至今还保留着军人气质，一种刚毅、果断、敢作敢为的强悍风格仍然令人敬畏。

2007年12月16日，中国服装协会年会在宁波召开，由杉杉承办。会议来了500个代表，是历届年会最多的一次，远远超出了预计的人数。许多千里迢迢赶来的企业代表说："我们想看看杉杉，想听听郑永刚说什么。"一位媒体记者在博客中写道："杉杉像是中国服装企业心中的延安，他们都来朝圣了。"郑永刚真像巴顿将军，有着无与伦比的号召力。

最早提出"郑永刚是中国服装界的巴顿将军"的是著名服装设计师王新元。"那是九七年的时候，我刚去杉杉不久，我说我发现你性格特别像巴顿将军，就是做事，太像了。布莱克雷跟巴顿将军吵架的时候，布莱克雷说'因为战争需要我，巴顿你是需要战争'。郑总也是，他真的需要企业，他如果没有企业，我估计他的生命也就结束了。所以他这

个性格就是做企业的性格。"当时，王新元还真的去买了一本巴顿将军的传记送给郑永刚。

郑永刚则说："业界有很多人说我很像巴顿将军，可能是因为我在推动很多事情时，太强硬，不留余地。其实我有时候也在考虑，我是不是可以再柔和一点，但事实是，要做大企业，作决策，巴顿式的个性有助于事业的成就。"

郑永刚从未承认过自己崇拜巴顿。也许，他更像拿破仑。他不但追求战争的政治诉求，更追求"我对，你错了"的铁证如山，从而创造出一种战争的指挥艺术，所有资源在其魔术师般的疯狂调度中发挥出"1＋1＞2"的绩效。当战争结束后，他会像拿破仑一样把对手召至麾前，告诉他"你刚才打错了"、"这仗你应该这么打"、"既然你打败了就接受我们原本该达成的条件吧"诸如此类的话。

郑永刚说，真正的行业领袖不是销售量最大的企业，而是不断走在行业前面、以模式创新推动行业发展、在事实上制定着行业标准的企业。事实上，19年来，杉杉发起

了一轮又一轮的"巴顿式"突围，创造了中国服装界的十多项第一。1989年，郑永刚立下"创中国西服第一品牌"的誓言，在中国服装界率先实施品牌发展战略；1990年提出无形资产经营理念；1992年构建起当时全国最庞大最完整的市场销售体系；1994年斥巨资全面导入企业形象识别系统(CI)；1996年成为中国服装业第一家上市公司；1998年建成国际一流水准的服装生产基地；1999年按国际最优营销模式进行特许经营的改革，形成了以加盟商为主体的市场营销网络，具有强有力的专业化的市场拓展能力，在中国主要城市开设专卖店，在主流商场开设专卖厅(达到了2000多家)。2002年，杉杉提出"多品牌、国际化"战略，再度引发争议。而到今天，已成为大型服装企业做大做强的必由之路。

2007岁末，冯小刚执导的大片《集结号》上映，冯小刚说要告别巴顿崇拜，反思战争与人性。几乎与此同时，郑永刚在中服协的年会上说，杉杉的路还长，中国服装应该走向多元共荣的新时代。

◆ 第一个提出无形资产概念(1990)

◆ 第一个完成规范化的股份制造(1991)

◆ 第一个建成完整的目前国内最大的市场网络体系(1992)

◆ 第一个导入CI的服装企业(1994)

◆ 第一家中国服装企业上市公司(1996)

◆ 第一个提出"名牌、名企、名师"的三名联合，推出设计师品牌，填补了中国高档服装无国际化品牌的空白(1997)

◆ 第一个提出品牌推广概念，举办大型时尚发布会"不是我，是风"，在中国主要城市巡演23场(1998)

◆ 第一个建成国际一流水准的大型服装生产基地，并全面引进国外生产管理技术(1998)

◆ 第一家讲入国家重点建设企业的服装企业(1999)

◆ 第一家通过绿色环保认证的服装企业(2000)

◆ 第一个被世界最具权威的时尚媒体FTV作专题报道的中国品牌(2000)

◆ 第一个代表中国服装品牌参加卢浮宫服装表演，展示了中华时尚设计师风采(2003)

55

81杆

关键词： 高尔夫、运动精神、下一杆

"总裁可以不做，高尔夫不能不打。"

郑永刚的话总是掷地有声，即使针对作为个人爱好的高尔夫。

著名节目主持人袁鸣说："我跟他一起打过一场球，他打球的姿势非常难看。我很想知道，一个这么没有美感的人，为什么能做服装？"

球友何青说："郑永刚的一生是不服输的，他打坏了球，还会嘴巴里面念念叨叨，还说这么好的球怎么会打坏呢？郑永刚在高尔夫球场上展现了他的个性，他给我的最大印象是不服输，输了对自己的责怪远远超过对结果的在意。"这就是郑永刚。

郑永刚学打高尔夫球是从1999年开始的。当时杉杉总部已搬到上海，为了熟悉上海的环境，拓展自己的交友范围，同时也为了给自己在周末找些事情来做，郑永刚喜欢上了高尔夫。现在，他的最好成绩是81杆，这在业余选手中是一个不错的战绩。

时间长了，郑永刚越来越喜欢打高尔夫球，现在差不多每个星期要打两场，作为一个百亿资产集团的老总，用这么多时间去打球实在是不多见，郑永刚自己的解释是："我所要干的，是战略投资人的事，比如决策用人、控制资本、整合企业的文化、进行企业的战略定位等等。杉杉所有的公司都有独立法人，要放手让他们去干。在一个成熟的企业，每个岗位都有自己明确的职责，绝不是需要我一天忙到晚的。"

在高尔夫球场上谈生意，把高尔夫球作为事业的拓展工具早已司空见惯，对此，郑永刚认为，在球场上，这绝对不是最重要的目的，打球本来就是为了健身休闲。他还说："就算是有交流也不要以为这是谁在占谁的便宜，要知道，交流本来就是相互的，获得也是相互的，别人给我东西，我也给别人东西。"

郑永刚现在每天工作不超过8小时，每周两次的高尔夫球打了七年不仅从来没有厌烦，还计划退休以后天天打。打高尔夫球讲求的节奏，被他充分运用到工作和生活中。新鲜的空气，灿烂的阳光，在绿草如茵的球道上从第一洞走向第十八洞，郑永刚有理由做个"甩手东家"。可是又有谁知，他虽然面对的是空旷的球场，胸中容纳的却是杉杉的万千。

球场上，郑永刚主张一杆一杆认真地打，才会有最好的结果，过程很重要。他打高尔夫最深的体会是，每一个动作或者每一杆都要非常认真，不能有什么杂念，和做企业非常接近。郑永刚用"左手胆略，右手战略"，来形容自己在商场上的表现。左右开弓、双掌并用，为他赢得了"服装界巴顿将军"的美誉。巴顿将军有句名言"战争是地狱，但我喜欢战争"。而对于郑永刚，商场如战场。他要"运筹帷幄之中,决胜千里之外"。

袁鸣说郑永刚打球姿势难看，郑永刚自嘲是惨不忍睹，何青说："高尔夫球，是有正确的动作要求的，但是我感觉体育运动作为一种人体各个部位的摆布，谁能够做到百分之百的重复，谁就会赢。并不是百分之百的正确，而是百分之百的重复，就算你错了，你每次都朝错的方向，那你扳一个角度过来的话，以后就正确了，永远都正确了。

杉杉到了多元化的发展阶段，但是郑永刚还真没有想过去投资高尔夫球场，他说现在干球场的很多，进入门槛也很高，但看看美国等国家，干球场都没有像中国这样高的门槛，对中国的球场是不是真的值那么高的价钱他表示怀疑。所以郑永刚说："将来估计花200万美元就可以买下一个高尔夫球场，不过不是用来做投资，我就是自己来玩，那个时候我就天天打球不再上班了。"

《波士堂》送给郑永刚一幅漫画，漫画中他穿的是军装，代表一直以来非常浓厚的军人风格，他站在模特的T台挥杆。主持人曹启泰说："至于球打出去在哪儿，在画面当中没看到，这有用意，因为我们现在真的不知道您同时在打几粒球，球现在往哪儿飞。"

郑永刚的好朋友周时奋说："打球并不一定是老郑的兴趣所在，因为球场里面实际上聚集了一大批中国的精英，他要和他们对话。我感觉他很孤独，他的孤独在于没有思想交锋的对手，他需要对手。而在球场上，在这么一个人群里面，他能找到一些思想的交锋者。他绝对不会沉迷于高尔夫运动的，他是在寻找，寻找同类。"

最近几年，郑永刚已连续六次参加财富论坛，从上海、巴黎、华盛顿、墨尔本，一直到北京，没有一次落下。每次论坛，他都努力从中寻求一些全球的经济大势。因为从更大的视角看，国际经济趋势是企业微观环境的组成部分。

ⵗ 企业家

ⵗ **企业战略**

ⵗ 企业文化

ⵗ **社会责任**

56
品牌战略

关键词：品牌、广告、博弈

郑永刚说："我是在 1989 年 5 月 23 日去甬港服装厂报到的，工厂的大院里有三棵杉树，这三棵杉树挺拔潇洒。我有一个观念，那就是男士的时装也要挺拔潇洒——杉杉——特别爽口，当时就这样注册了。"这是一种偶然。

郑永刚说："品牌是一种精神，是一种积极向上、奋力进取、不断追求、不断创新的精神；是一种文化，是一种机制创新、理念新颖、人才聚集、科技领先的企业文化；是一种艺术，是人体与艺术、服饰与技术、科技与潮流完美结合的艺术；是一种贡献，是对人类服饰文明、穿着革新、观念革新的贡献。"杉杉品牌的成长缘于郑永刚对品牌如此深刻的理解，杉杉的成功是一种必然。

有偶然，有必然，偶然就融化在必然中。无需赘述杉杉品牌战略和成长之路，根据我的理解，我更愿意把这个过程看成一场博弈。

杉杉，是国内最早提出品牌战略的服装企业。当郑永刚拿着借来的 6 万块钱到中央电视台打广告时，广告部的同志惊讶地问他："卖衣服还要做广告吗？"

今天，当别人为"标王"争得头破血流、面红耳赤时，杉杉已不大在荧屏出现，他们的品牌建设之路已经走向纵深。

杉杉，是国内时尚产业的领军企业，"品牌战略"开创了中国服装的新纪元。时尚与品牌相连，品牌的崛起与国家的复兴相连。从长远来看，品牌是国力和实力的象征，对一个国家资源配置效率，进而对一个国家的核心竞争力有着巨大的影响。从经济发展的过程可以看到，国家的发展、产业的发展、企业的发展都是品牌的竞争与博弈，博弈的过程实际上是推动整个社会、整个经济往前走的过程。所以我们说，品牌的博弈，与大国之间的博弈是高度相关的。

从某种意义上说，品牌是依附于实体经济的虚拟经济，杉杉的成长历程，是有效地利用品牌，建立实体经济和虚拟经济良性互动、协同发展的历程。中国是我们最大的品牌，国家是我们永远的支撑，作为民族品牌的代表，杉杉将义无反顾，永往直前，为中国品牌的复兴作出应有的贡献。

57

微观跟着宏观走

关键词：移师浦东、产销剥离、产品附加值、进军东北

杉杉的每一步，都与当下世界，与中国紧密相连。

每次开会，郑永刚都要谈谈宏观经济形势。因时而动，因势而动，应该成为企业家的一种自觉。因为微观经济要顺应宏观经济大势，民营企业家在战略层面一定要把握宏观经济走向，我们要做的是顺水推舟，避免逆水行舟。

宏观经济是研究不尽的话题。对企业家来说，更多的是来自直觉和亲身体验，正所谓"春江水暖鸭先知"。宏观是势，借势而谋，是为智。很多时候，企业家对宏观经济变动的敏感和反应，常常让职业经济学家汗颜。

杉杉风雨19年，从做产品到做品牌，从做服装到干高科技，每个阶段关注的焦点自然不同。幸运的是每一次都能踩准宏观的节拍，如履薄冰但顺利前行。宏观经济的风吹草动都会给企业带来深远的影响。

当中央的目光投向上海浦东之际，作为邻居的杉杉抓住了这一机遇，1998年底总部由宁波移师浦东，制定了以上海为桥头堡趁势做大品牌和多元化发展的战略。借助上海新一轮开发以及身为中国金融中心的优势，杉杉"化蛹成蝶"，从单一服装领域成功涉足资本运作和高科技产业。

1998年的东南亚危机虽然没有登陆中国大陆，但杉杉清醒地意识到，中国纺织服装行业必受牵连。当年就抛弃了赖以成功的产供销一体化模式，施行产销剥离，只专注于品牌经营。货不停留利自生，杉杉不仅成功引领了服装行业的特许经营模式，而且还跳出了画地为牢的发展局限。

最近几年，郑永刚已连续六次参加财富论坛，从上海、巴黎、华盛顿、墨尔本，一直到北京，没有一次落下。每次论坛期间，他都努力从中寻求一些全球的经济大势。因为从更大的视角看，国际经济趋势是企业微观环境的组成部分。2004年底，郑永刚随温家宝总理参加海牙中欧工商峰会，得到的信息是人民币升值问题。据此，郑永刚回来后进一步强化了提高产品附加值意识。因为这对利润率在10%以下的服装企业是个生死攸关的难题。由于未雨绸缪，在人民币升值真的到来时，杉杉已成竹在胸，从容应对了。

　　新一轮的宏观调控棋到中盘，很多企业对此忧心忡忡，而杉杉看到的是此轮调控中的″区别对待″原则。中央给东北1800亿软贷款将撬动老工业基地的复兴，东北″逆市上扬″正当时也。杉杉则大举进军东北，建立基地并参与国企改制等重大项目。当″环渤海″开发开放成为主旋律之时，杉杉在京津走廊间建设的″中科廊坊科技谷″成为两大经济高地之间最引人注目的科技之谷、创业之谷，成为吸引世界关注的中国硅谷。

　　现实中，一些企业家在追随宏观经济中存在几个误区。一是误把研究宏观看成简单追随某届或某位政府领导人。关系的经营不是宏观研究，充其量只是机遇的钻营，红顶商人是一种生存之道，但不是大道，而是权术的演变与异化；二是宏观经济的运行规律决不能替代企业经营管理的运作规律，有些企业家常常将两者混为一谈，导致管理的弱化。

　　回顾过去30年的改革开放，我们发现中国经济的发展历程，很大程度上就是政府引导的结果。而现在，寻找新的经济增长点已成为当务之急。郑永刚认为，每一个企业都应该在新一轮的经济大潮中顺势而为，找到国家与企业共赢的发展道路。

股份制改造

关键词：改制、历史性跨越、上市

58

杉杉改制，无疑是企业发展史上值得大书特书的一笔。

"上市之前，企业内部，几乎大多数人不理解，尤其是我班子内部的人，也不理解，我们那个时候名牌已经闯出来了，效益非常好，我们又不缺钱，为什么要去上市，要去找证监会来监管？但是我就不这么想，因为企业上市后在管理、经营上，要上一个台阶。我是比较武断的，真理往往又掌握在少数人手里。如果没有我当年的决断，很难说到底有没有今天的杉杉。"多年以后，面对镜头，郑永刚坦然而又自信地谈起往事。

1991年底，当大部分人意识尚未觉醒的时候，郑永刚向上级主管部门提出改制的要求。本着先试先行的精神，地方政府默认了这一请求。

这在当时的宁波乃至浙江，绝无仅有。

接着，杉杉开始了紧锣密鼓的运作。很多杉杉老工人提起那一幕总是激动不已。"当时，郑永刚让我们认购股份，说股份是你们的另一个儿子，将来你们就靠这个养老。"一下子，几乎所有职工都买了，尽管他们还没弄懂这是什么东西，但出于对老总的敬仰和信任，他们拿出了积蓄。谁也没有想到，六年以后职工内部股上市后，三四百老工人一夜之间都成了身家几十万、百万的富翁。

几年后，著名经济学家董辅礽听郑永刚聊起这一段经过，竖起大拇指称赞道："你是敲响旧体制丧钟的人。"

那时，郑永刚认定一个道理："全球500强"中的工业企业，95%以上采用股份制，股份制是实现资本扩张不可抗拒的历史潮流。于是在企业规模不断扩大、销售高速增长、效益连年翻番之际，他审时度势，把握时机，联合中国服装设计研究中心（集团）、上海市第一百货商店股份有限公司进行企业股份制改造，共同发起设立宁波杉杉股份有限公司，使企业的资本获得迅速扩张。1992年底，宁波第一家股份制企业宁波杉杉股份有限公司正式成立，成为国内服装行业的第一家进行规范化股份制改造的企业，取得了资本快速扩张的通行证。

1996年1月，杉杉股份公司发行股票的申请获得国家有关机构批准。杉杉股票发行1300万股，每股以10.88元溢价发行，创当时建国以来股市定价发行股票价格最高记录，筹集权益性资本1.4亿元。同年1月30日，杉杉股份（600884）在上海证券交易所挂牌交易。这是我国服装行业中第一家上市的规范化股份公司。

59

中国 500 强

关键词：企业规模、百亿企业、千亿战略

500 强是一种规格，是一种荣耀，是一种级别。

杉杉位列中国企业 500 强，自从 2002 年中国企业联合会、中国企业家协会主办的"2005 中国企业 500 强"评选开始，连续六年，杉杉一直跻身其中，最高排名是第 281 位。

郑永刚常说，杉杉是不经意中做大的，500 强并无多大意义。他又多次宣称，杉杉的梦想是进入世界 500 强。

中国企业联合会、中国企业家协会自 2002 年以来第六次向社会发布《中国企业 500 强及其分析报告》，这是国内最权威的评选。他们后来推出的《2007 中国 500 强企业及其分析报告》，内容翔实丰富，反映出我国大企业的前进步伐，在国家实施大企业战略的指导下我国大企业在改革、改组和加强管理、技术创新等方面所发生的巨大变化，当然也能反映中国大企业与世界级大企业的差距。中国企业联合会、中国企业家协会推出"中国 500 强企业"，不强调排名，而注重通过对企业经营数据的分析来研究中国大企业的成长，这将有利于国家大企业战略的实施，推动中国企业做强做大做久，持续健康成长，提高国际竞争能力。

"中国 500 强"意味着什么？——2006 年中国企业 500 强实现营业收入相当于中国同年 GDP 的 77.6%。把企业营业收

入与国内生产总值作比较，虽不能直接反映大企业对国民财富的贡献，但可从一个重要角度反映大企业在国民经济中的地位和影响力。依据调整后的GDP数据，中国企业500强营业收入与相应年份（2001－2004年）GDP的比值分别为55.7％、57.9％、66.2％、73.5％，呈逐年提高的趋势，显示出我国大企业对国民经济的影响力与日俱增。

经济学家张维迎说，大企业就是包工头，是资源的组织配置者。以中国企业500强、中国制造业企业500强和中国服务业企业500强为代表的中国大企业，保持了快速发展势头，呈现出十大亮点和特征：整体规模跃上新台阶，入围门槛以较大幅度提高；在世界500强中的份额继续上升，差距进一步缩小；财税贡献突出，经济效益进一步改善；淘汰率明显降低，企业间规模呈现巨大落差；研究与开发投入力度加大，主业更加突出；企业并购重组活跃，组织协调能力进一步提升；产业分布仍然偏"重"，与世界企业500强有明显反差；国有企业占据主导地位，私营大企业发展缓慢；企业总部主要集中于东部，西部地区入围数量减少；节能降耗取得新的成效，企业管理得到加强。

2007年，当世界上市值最大的公司、银行、保险公司、通讯公司逐一在中国诞生，大的魅力与力量仍然让国人震撼和骄傲。而杉杉，作为"刚从蚂蚁长成甲鱼"的民营企业，也在追求阳光下的梦想与憧憬！

60

上海，上海

关键词：上海、战略性升空、转型、刘翔

王元声今年8岁了，这个听不懂宁波话的小男孩是杉杉副总裁王仁定的儿子，生在上海，长在上海，总是自豪地说："我是上海人！"

"杉杉到上海，收获最大的是王仁定，有了个儿子。"郑永刚常常以此打趣。

事实上，到了上海的杉杉，多了很多个"儿子"，高科技产业的进入、资本市场的打通，甚至郑永刚球技的进步，无一不依赖于上海这个国际化的平台。"上海是个海，我们就是要与鲨鱼同游才能长得更快。"上海十年，杉杉完美演绎了一个民族企业和民族品牌的海上传奇。

很多年以后，刘翔还记得父亲第一次穿上杉杉西服的情景，那时，10岁的他用刚学会的那句广告词和老爸调侃："杉杉西服，不要太潇洒！"爸爸幸福满足的笑容，和仅有的一次挨打经历一样，深深印在刘翔的脑中。

十多年过去了，刘翔成为杉杉的形象代言人，家中的那套西服还在，静静地散发着樟木的香味。这个上海男孩，已是亚洲飞人，奥运冠军。此时的杉杉，也不仅仅意味着一套西服，而已成为了蜚声中外的民族企业代表。"中国的刘翔，中国的杉杉"，那一刻，民族英雄与民族品牌共同站在了世界之巅。

杉杉，像刘翔一样飞翔，在中国大地上，

在世界舞台上。

一

    1990 年初，繁华的上海南京路打出了一条广告："杉杉西服，轻柔薄挺。"这是改革开放后南京路上的第一条广告,这是时装公司第一次为一个品牌打广告。

    在上海打响之后，郑永刚想的是更大的市场,他想到了中央电视台。对杉杉充满信心的上海时装公司慷慨解囊，借给杉杉几万块钱，请了当红"密探"翟乃社穿上杉杉，拍了中国服装界第一条电视广告，成为央视第一个服装客户,"杉杉西服，不要太潇洒"响彻全国。

    杉杉火了，风靡大上海，那时候人们对一套杉杉西服的向往，不亚于今天对奔驰、宝马的神往。杉杉成为许多祖籍宁波人的骄傲,"阿拉宁波咯产品"，杉杉拉近了他们与家乡的距离；而在以衣取人的上海人眼中，杉杉成为身份与地位的符号。

    从 1989 年杉杉品牌的创始人和缔造者郑永刚立下"创中国西服第一品牌"的誓言开始，杉杉就与上海结下不解之缘：1990年，郑永刚到中百一店、时装公司亲自站柜，观察谁穿杉杉，谁买杉杉，厚厚几大本的记录，至今仍在他抽屉中保存,"这是我与上海的第一次握手"；1990 年开始，以上海为中心,杉杉构建了当时全国最庞大最完整的市场销售体系；1992 年，小平同志南巡，视察了上海中百一店，走过杉杉厅时，老人颔首微笑；1994 年杉杉斥巨资全面导入企业形象识别系统（CI），青山绿水，赋予杉杉与大自然同在的海派气质；1996 年成为中国服装业第一家上市公司，在上海证券交易所上市。

    作为时尚先锋的杉杉，杉杉集团在中国服装界第一个举办大型时尚发布会，引领行业潮流，以一场场美轮美奂的时尚秀，为流光溢彩的时尚之都增添了一抹亮色。1997年"走进东方"来到上海，那是中国本土时装秀的领舞者和里程碑式的经典之作；1998 年"不是我，是风"时装发布会席卷上海；2000年 5 月，极具概念化特征的"基因 2000 时装发布会"在上海光大会展中心举行；2001年 10 月，杉杉集团"互动 21 世纪"时装专场发布会举行；2003年杉杉集团和法国高级时装公会主办"巴黎归来——当代中国优秀时装设计师作品发布会"……每一年，杉杉

都会带给上海时尚的惊喜。2005年，郑永刚当选为上海国际时尚联合会会长，这个时尚老板开始在一个更高的平台上，为摩登上海出谋划策。

一直到今天，很多人分不清杉杉出自宁波，还是上海，但他们知道杉杉是中国品牌。杉杉，生长于宁波，起步于上海，由上海走向全国，成为杉杉最为自豪的历程。岁月积淀，情怀依旧，杉杉19年，完美演绎了时代精神与时尚内涵。从"杉杉西服，不要太潇洒"到"让我们改变自己"，从"不是我，是风"到"中国的刘翔，中国的杉杉"，杉杉影响着当代中国人的着装观念和生活方式。

二

在杉杉人眼中，上海，不只是市场，不只是秀场，"上海是个'海'，"郑永刚说，"上海'鲨鱼'很多，必须快快长大。与'鲨鱼'同游，才能长得更快，发展更快。"

1998年底，杉杉总部迁入上海，由此开始实现战略性升空。也是这一年，刘翔进入上海体育运动技术学院，开始了他的速度之旅。

"在企业最好的时候杉杉把总部从宁波迁到了上海，实际上相当于很多人把孩子送到英国美国去接受剑桥哈佛的大学教育一样，"郑永刚说，"因为杉杉的梦想，是成为一个跨国企业。在纽约、伦敦交易所里买卖着自己公司的股票，在世界各地有自己的工厂和销售网络，这是我们这一代企业家的梦想和责任。"郑永刚说上海给了他最好的舞台。

"当今世界500强，没有一个企业是以做服装为主业的，而近年来迅速崛起的500强新生代企业几乎全都是发展高科技起家的，杉杉要做大做强必须转型，转型的方向必然是高科技。"

发展高科技，首选地就是上海。1998年底，杉杉总部整体迁移至浦东。上海是中国经济发展的龙头，浦东是孕育上海希望的热土。杉杉选择上海，落户浦东。

1999年，杉杉与原冶金工业部鞍山热能研究院合作，成功完成国家863计划"锂离子电池负极材料（中间相炭微球）"项目，并被认定为上海市高新技术成果转化项目，开始了向科技型企业的首次蜕变。

8年来，杉杉从"杉杉西服，不要太潇洒"转型为"科技创造未来"的科技集团型企业，逐步形成新材料、生物技术和环保工程等三大产业，建成十多家科技型生产企业，足迹遍布全国。杉杉踏上科技企业的崭新征程，创造更加辉煌的未来。

三

2003 年，是刘翔的转折之年。从 2001 年 8 月 28 日摘取大运会中国首枚田径金牌、获得本人第一个世界冠军之后，刘翔开始真正为世界瞩目。2003 年刘翔多次参加国际田联黄金联赛，取得不凡成绩，让世界对这个上海小伙充满期待。

2003 年，杉杉投资控股有限公司成立，一个多元化、国际化的杉杉企业横空出世。这一转型将彪炳于杉杉发展史。

1998 年底总部移师上海后，杉杉成功地实施了多元化发展，致力于拓展新能源、新材料等高技术领域，拥有 4 个国家 863 科技项目的成果和数十项自主专利，继"品牌战略"和"高科技战略"后，杉杉控股又在投资项目中实施"资源战略"，进军石油、矿产等领域，朝着建设中国第一代民营跨国公司的战略目标前进。杉杉控股旗下的企业组成了五个产业集团，在境内拥有两个上市公司。历经 19 年的发展，以资本为纽带的杉杉企业，在全国形成了跨地域、跨行业的 102 家具有独立法人资格的下属企业。

2004 年 10 月，雅典奥运会后，杉杉在第一时间火速与刘翔签约，杉杉成为刘翔全球服装唯一代言品牌。事实上，刘翔代言的不只是杉杉服装，更是杉杉精神——"中国有我，杉杉有你"，不断超越的奥运冠军，不断创新的民族企业，是杉杉与上海的又一次完美契合。杉杉集团董事长郑永刚称，刘翔代表的是中国速度，自强不息、超越极限、拼搏向上的形象和精神与杉杉非常吻合。刘翔是最棒的，杉杉也是最棒的，这是完美的结合。

刘翔亦坦称，与杉杉合作是强强联合。杉杉不断创新、追求卓越的精神和态度，与其对田径跨栏事业的追求和态度是完全一致的，杉杉与他都有跨越障碍向更高速度不断挑战的共同追求。"感谢杉杉，正式场合我只穿杉杉西服。"这个上海孩子对杉杉充满欣赏。

漫长的跑道还在刘翔脚下延伸，更多的栏还在等待杉杉跨越。杉杉，一个年轻的中国企业，还将演绎更为壮阔的海上传奇，向着更为广阔的天地翱翔。

61

资本联邦制

关键词：有恒产者有恒心、股权激励、分享

"资本联邦制"，是郑永刚对中国企业修辞的一大贡献。

通俗地说，杉杉的"资本联邦制"就是拼股老板，每一个杉杉旗下企业，有杉杉的股份，也有经理人和经营团队的股份，是以资本为纽带、以资产紧密联系的"联邦制"。

缔造现代第一个联邦共和国的《美国1787年宪法》写明：联邦制是由若干成员单位即州、邦、省、共和国等联合组成复合制国家的一种国家结构形式。国家尊重和保护各成员单位的独特性和自主权，联邦及其成员单位分别行使一定的国家权力，这种权力的划分由联邦宪法规定。法国19世纪政治家和思想家托克维尔，对于美国联邦制所产生的政治效果称赞不已，认为美国人民自立自强、进取创新、关心公益的精神得益于其自治和分权制度，说联邦"既像一个小国那样自由和幸福，又像一个大国那样光荣和强大"。

同样，"资本联邦制"也是写进《杉杉企业基本法》的一个基本制度，是杉杉一以贯之的根本制度。

郑永刚说："企业家最大的本领是把人才组合到一起，尊重人才，发挥人才最大的潜能。公司里，有很多人比我薪水高，他们都是我最喜欢的人，给他股权、给他奖励，还给他大红花。我的首要工作是培养一大批有股份的企业老总。"

所谓企业，就是指各种生产要素的所有者为了追求自身利益，通过契约方式组成的经济组织。在市场经济条件下，企业家组织人才的过程也是资源配置的过程，所以，经济学家魏杰说，人力资本登上历史舞台，从企业法人治理结构的高度，把原有的作为经营者而存在的技术创新者和职业经理人，提升到与货币资本相对等的资本的地位，作为人力资本而存在。经济学家周其仁说，经营者持股，资本化就是将剩余索取权和支配权分开，以索取权替换控制权，使那些干得好的企业家得到一部分剩余索取权，等到他们没有能力作决策的时候，可以享受。

　　郑永刚对此有着深刻的认识，并且身体力行，对人才实行股权、权利地位和企业文化的多重激励。他说："公司和人才是一个整体，人才是唯一资本，吸引人才和合理使用是两个不同的概念，人才最讲究的首先是对他的理解和尊重，只有尊重他，再去关心他们的待遇，再就是提供其施展才智的舞台，营造崇尚知识、积极进取的企业氛围，建立起留住人才、吸引人才、让人才充分发挥积极性的机制。"

　　郑永刚说："有恒产者有恒心，无恒产者无恒心。恒心是什么，说到底是信心，对自己的信心、对社会的信心。一个没有恒心的社会是动荡的社会，一个没有信心的市场必然是一个崩溃的市场。但是恒产者不一定有雄心。给了股份，解决了恒心的问题；依托杉杉，解决的是雄心问题。"

　　郑永刚说："我们通过股份制改造产生了一人批百万富翁；通过特许加盟，产生了一大批千万级富翁；下一步，要通过"资本联邦制"，缔造一批亿万富翁。"

　　和郑永刚一起工作是有福的，因为他有不同一般的胸怀："人有多大量，才能做多大的事。这个量大，他就能容纳很多人才。因为他不是一个人干事。"他还有一句话特别让人感动："我们是个大家庭，能够和大家共同把企业做好，是我的福分。"

大企业进入大行业

关键词：大行业、200个亿、世界前三名

2007年7月26日，青海西矿联合铜箔有限公司高档电解铜箔工程在西宁举行开工典礼，青海省省长宋秀岩出席开工仪式并宣布项目开工。杉杉旗下核心公司中科英华和西部矿业集团有限公司将联手在此建设国内高端的电解铜箔产品生产基地。

2007年9月7日，经过改制重组，总投资3亿元的郑州电缆有限公司投入运营。该公司由中科英华高技术股份有限公司、郑州控股公司、郑州电缆集团、中润合创共同出资3亿元成立，中科英华控股新郑缆，将形成铜矿——铜箔和热缩高分子材料——电线电缆两条产业链合二为一的产业格局。

"大企业就要入大行业。1999年1月，我们首先随着企业的发展壮大，决定企业将来的发展战略目标是建立现代化、国际化的大型产业集团，做实业。如果要完成这样一个战略目标——2010年我们的经营规模要达到200个亿——因此我们就要把经营总部从宁波迁移到上海。迁移上海的目的就是寻求一个新的发展机会，因为那里有更多的人才、信息与市场。"

1999年初，寒冬未尽，郑永刚在杉杉集团搬到上海后的第一次工作会议上豪迈宣称："大企业要进入大行业，杉杉的目标是到2010年实现200亿市值的目标。"

进入上海的十年，是杉杉不断进入新领域、不断进入大行业的十年。

1999年，杉杉科技成立，进军新能源、新材料行业；2002年，杉杉集团收购控股中科英华高技术股份有限公司；2003年，中国第一个民营科技园区在宁波破土建立；2005年，杉杉收购控股松江铜业集团；同年，中科英华进入石油行业；2006年，杉杉以"打造中国特色的硅谷"为旗帜，在京津走廊建设"中科廊坊科技谷"……这些，都成为

62

杉杉"大企业进入大行业"的标志性动作。

杉杉是个大企业,杉杉之大,体现于规模,2006年,全企业销售收入突破100亿元,位列中国企业500强第373位;杉杉之大,体现于影响力和美誉度,从上世纪90年代初积累起的企业无形资产让"杉杉"成为中国家喻户晓的品牌;杉杉之大,还体现于杉杉企业从南到北、从东到西的广泛地域覆盖,体现于从服装到高科技、从矿业到新经济的纵横交错。尽管以全球标准来衡量,杉杉尚属中小企业,但作为顽强诞生于中国这块土壤的民营企业,以短短19年之奋斗,杉杉之大是让人惊叹的。

但这样一个大企业,坚决宣称进入大行业,张扬的是英雄主义的豪迈,还是浪漫主义的情怀?是机会主义的狡黠,还是理性主义的清醒?

事实上,服装是全球第六大产业,曾经

做到中国第一服装品牌的杉杉似乎可以深挖这口井,但杉杉没有。而是以"多品牌、国际化"战略,以22个品牌占据行业先锋的山头,又从这个山头义无反顾地冲向另一个山头。

大行业意味着大空间、大机会、大收益,意味着产业整合的无限可能。以西联铜箔为例,该项目一期工程为年产一万吨高档电解铜箔,总投资约7.5亿元,预计该项目在2009年初投产,达产后年销售收入可达10亿元,年利润总额12379万元。"要通过3－5年的时间,把公司的铜箔产量做到世界前三名。"中科英华董事长陈远在接受记者采访时表示。

大行业常常是国有资本垄断的行业,进入大行业,是对坚冰的突破。

大行业是生命之树常青的行业,跻身大行业,是基业长青的根本保证。

63

做前三名

关键词：行业领袖、竞争力、战略

杰克·韦尔奇有句名言："如果你是市场上排名第四或第五的企业，你的命运就是：老大打个喷嚏，你就染上肺炎。只有你成为老大，你才能真正掌握自己的命运。"

郑永刚说，杉杉所有企业的目标是成为行业前三名，杉杉收购的目标也是行业小巨人企业。做前三名，是杉杉坚持的一个经营原则。杉杉的各个产业都要在它的市场范围内做到市场占有率和竞争力数一数二，这指引了杉杉差不多20年的发展。

"做前三名"的理念有其深刻的时代背景。20世纪90年代中期，杉杉西服不经意间做成了中国第一，这个第一让杉杉人油然而生做老大的豪情，做什么都要第一，要么不做。1998年，杉杉进军高科技领域，十年磨一剑，终于成为中国第一、世界第二的锂电池综合材料供应商；在铜箔领域，中科英华不懈追求，与卢森堡、西部矿业合作，联合打造世界最大、技术最先进的铜箔产业链；久游网，几番风雨，终于成为亚洲点击率最高的休闲游戏网站……杉杉还拥有多个小巨人型的高精尖企业，都在国内数一数二。

在投资领域，"做前三名"也成为杉杉雷打不动的原则。杉杉的优势一是为中小企业提供战略规划、理念提升、融资上市等增值服务；二是杉杉的无形资产优势。以杉杉控股、杉杉股

份为平台，以创投、风投为手段，做战略投资，目标为拟上市公司；坚持产业投资、张扬实业精神，重点关注长三角地区具有优秀成长性的中小企业，销售2－3亿元、利润3000万元左右、进入行业前三位、具备国家级核心技术的企业是投资重点，以不低于30％的比例参股，提供增值服务，壮大杉杉企业队伍，提升产业结构。

杉杉作为一个多元化的企业，很难适用一个统一的战略。把目标锁定在必须成为第一或者第二，这样目标就非常简单明了，易于接受，很容易贯彻到全公司。正如韦尔奇所说，如果不能在自己的领域内获得彻底强大的实力，还不如放手。

郑永刚说，杉杉应该是这样的一个公司：能够洞察到那些真正有前途的行业并加入其中，并且坚持在进入的每一个行业里做到前三名。

成为规则制定者

关键词：制定规则、领袖型企业

"真正的行业领袖不是销售量最大的那家企业,而是不断走在行业前面、以模式创新推动行业发展、在事实上制定着行业标准的企业。"郑永刚如是为杉杉定位。

产品上，杉杉是国内西服和锂电池正、负极材料等国家标准的制定者。

行业地位上，杉杉毫无疑问是中国服装业的老大，同时拥有中国最大的锂电池综合材料生产基地、国内最大的铜和铜产业链基地，旗下还有多个进入国内外贸百强的贸易型企业。

这些似乎还不能代表杉杉在中国企业界的地位，也许更重要的是人，是习惯做老大的郑永刚和郑永刚领导下的一大群快速成长、梦想成为老大的年轻企业家。

"成为规则的制定者"，对杉杉的经理人来说，是常识，因为老板一直是这样训导的。

常识是简单的，常识是伟大的。

常识是这样说的：企业就是要赚钱，企业的本质是谋利，只有成为规则制定者，才能谋取更大的利润。

对企业本质的认识是企业理论的逻辑起点，也是指导企业家行为的思想起点。成为规则制定者，不是一句时尚的口号，看看杉杉的今天，我们必须相信信念的力量。

64

65

资本时代

关键词：资本、市值、时代机遇

"这是最好的时代，这是最坏的时代 这是智慧的时代，这是愚蠢的时代；这是信仰的时期，这是怀疑的时期 这是光明的季节，这是黑暗的季节；这是希望之春，这是失望之冬；人们面前有着各样事物，人们面前一无所有；人们正在直登天堂，人们正在直下地狱。" 150 年前，英国人狄更斯这样说。

"20年前制度上的现象——显眼的国内商业精英、对企业的稳定管理控制以及与金融机构的长期关系——很大程度上正消失在经济历史的长河中。在另一方面，我们见证了全球对地方、投机者对管理者、乃至金融家对制造商的胜利。我们正见证着20世纪中叶的管理资本主义向全球金融资本主义的转变。" 今天，又一个英国人马丁·沃尔夫（Martin Wolf）再次断言。

郑永刚坚定地认为，这是一个最好的时代，是中国的崛起与复兴的时代，是中国企业快速成长的最好时期，而无论国家，还是企业，成长的真实动力来自于资本。

郑永刚说，认识中国经济大势，最重要的一个关键词是"转型经济"。核心特征是转型加转轨背景下的结构变迁经济。

目前的中国，正处于经济腾飞阶段，其中一个重大商业现象是，资本市场会一步步走向繁荣和沸腾，投资性资产会在全社会范围内全面升值,泡沫化之后的命运难以预料。现在大家都能感受到房地产和股市升温，号称理性的经济学家整天大喊，中国的股市要避免泡沫。在我看来，讨论如何避免泡沫，就像讨论人如何避免死亡一样,是不可能的事。股市、房地产一定会泡沫化的，但是不要把泡沫理解成天然贬义的负面的东西。日本曾经泡沫化很严重，中国很多经济学家都在讨论怎么避免日本式泡沫化的出现。但是日本在泡沫化之前和泡沫化之后是完全不同的两个国家。非洲从来没有过泡沫化，如何呢？即使一百年后非洲也不会泡沫化，没有泡沫化，就是好事吗？所以，任何一个国家在经济增长的过程中，都可能会慢慢走上泡沫化的过程，这个东西没有那么可怕，但是破灭之前和破灭之后，这个国家的实力和国力是不一样的,人民的富裕程度是完全不一样的。

郑永刚认为，中国经过20多年高速发展，经济已经蓄积了巨大的增长能量，中国经济改革的纵深攻坚已经突破，未来20年将是中国经济的加速增长阶段，将会是一个全球资本和经济资源涌流到中国的历史阶段。在这个历史阶段，经济资源、投资性资产将全面升值。这两年中国的一个最大事情是上市公司股权分置改革的完成，这是中国改革开放20多年来最重大的一次改革，会引发中国产业、经济、社会一系列深层次的变革，包括公司的增长方式、商业方式和盈利模式都将发生很大变化。

这就意味着未来的20年，将是中国经济加速增长的阶段，经济腾飞会导致资本市场的繁荣和投资性资产升值。那将意味着我们面临暴富时代。投资界的神话和奇迹会频繁传出，未来20年中国将会崛起一个世界级的富豪群，从股市到地产到采矿到能源，中国经济的各个领域，都会冒出富豪。这个时代还意味着产业竞争会发生在产业之外的领域，按照新的游戏规则展开。比如可以利用资本市场机制，通过标购、换股、定向发行、接管等方式展开对竞争对手的收购、整合或结盟等等。工行收购花旗、中信收购摩根、甚至杉杉收购LV，这种现在看来是异想天开、匪夷所思的事情，在明天就完全有可能发生在我们身边。这种可能性的出现，并不是因为我们的企业在产业层面上的研发、技术、产品、营销、品牌、装备等方面能够很快地超越外国公司。这种可能性的发生契机，会出现在资本市场上，是中国概念的吸引力和中国资本市场的估值溢价水平所导致的。

经济腾飞造成资本市场繁荣，可以肯定，未来20年，中国资本市场将会崛起，成为在体量和能量上都是世界最大的资本市场之一。这对资本与产业之间的博弈、产业与产业之间的竞争、产业内厂商与厂商之间的较量，将产生深远的和致命的影响。但现在，大多数中国的企业家，对资本市场的游戏规则还非常陌生。如果继续这样陌生下去，是会错过大机会的，甚至会吃大亏的。

看小势，赚小钱；看大势，赚大钱。研究中国的经济大势能够看到中国最大的商业机会。对于成长中的民营企业来说，这种机会千百年才出现一回，杉杉提出"千亿战略"，就是把握时代机遇，敢于投入，勇于实践，加速增长，加速扩张，不负时代重托的魄力和魅力的展现。

青海会议

关键词：千亿战略、转型、市值最大化

66

"青藏高原，是世界的屋脊，在离天最近的地方，登高望远，是为了开阔我们的胸襟；登高而呼，是为了统一思想；登高而问，是为了明确战略方向和目标。"

　　2007年7月22至23日，杉杉投资控股有限公司在青海省西宁市召开了杉杉企业2007年上半年度经济工作会议。会议以"汇聚变革力量，寻求千亿跨越"为主题，提出杉杉企业到2018年再上一个台阶，实现企业市值规模达到1000亿元的战略目标。

　　郑永刚说："回顾杉杉发展历程，1997年提出到2010年实现200亿市值的战略目标，我们已经提前三年顺利完成。现在提出到2018年，实现千亿市值，保持中国企业前200位的地位，在中国经济突飞猛进的时代，应该完全能做到。"

　　郑永刚认为，中国打开市场经济大门，将保持20年快速增长，势不可挡，我们要分享这一增长大势，抓住机会，研究发展，确定新一轮发展的战略与战术。

　　从2008年到2018年，杉杉企业要以产业为基础，以品牌为先导，以资本运作为手段，做大做强上市公司，要以市值最大化、价值最大化为目标。杉杉股份十年后市值要达到500亿，营业收入达到300亿元，为杉杉企业撑起半壁江山。对此，杉杉股份要通过对服装、新能源、新材料等主要产业板块的整合，并以金融投资为手段，研究进入主渠道、把握股权控制的方式，进入大行业，贯通产业链，争取成为具有国际竞争力的世界级企业。控股公司将集中精力、财力支持上市公司。

　　郑永刚激情满怀："'千亿战略'是长期指导我们工作的旗帜，是我们三次创业的灵魂，今天，我们在青藏高原之上，提出一个高远的目标，万里江山将见证我们的奋斗历程。山高人为峰，让我们弘扬'正直、创新、奉献、负责任'的杉杉精神，坚定信念，坚定信心，与时代共舞，与世界共舞，为实现千亿目标不懈追求、不懈奋斗！"

"循环经济"

关键词：投资理念、资本高手

    郑永刚说，一个真正的的投资高手，不在于抓住了什么项目，而在于在什么时间退出。

    郑永刚说，这是企业经营的"循环经济"，企业像人一样，只有不断的循环才能生存与发展。道法自然，以投资理念做企业，是他朴素的想法。

    理论上的循环经济是一种以资源的高效利用和循环利用为核心，以"减量化、再利

用、资源化"为原则，以低消耗、低排放、高效率为基本特征，符合可持续发展理念的经济增长模式，是对"大量生产、大量消费、大量废弃"的传统增长模式的根本变革。——时尚的郑永刚，善于将所有最新的语汇为我所用。

郑永刚说："我们的目标就是要追求企业价值的最大化，就是要以投资的理念开展运作，做好杉杉企业资产的配置。从 2008 年到 2018 年，杉杉以产业为基础，以品牌为先导，以资本运作为手段，做强做大两家上市公司，以市值最大化、价值最大化为目标，通过服装、新能源、新材料等主要产业板块的整合及战略投资，进入大行业，贯通产业链，争取成为具有国际竞争力的世界级企业。"

郑永刚还说，杉杉控股就是投资银行的定位，杉杉企业最终要做成投资控股公司。控股公司做多元化投资，产业板块、产业公司做专业化经营，坚持以产业为基础。将来总部就像大摩、软银。要确立"循环经济"理念——投资就是循环。要保持产业进退组合，保持低负债率、保持有节奏的投资，树立企业的"循环经济"理念，有进有退，以退为进，不为资产撑死，资产循环，现金为王。"三年不开张，开张吃三年"，是传统经营之道，也是现代企业的循环理念。

让我们看看杉杉的"循环"：

第一波，投资宁波银行、中科英华、久游网、松江铜业、宁波科技园，是一个漂亮的循环。

第二波，以中科廊坊科技谷为龙头，已经成功进入包括徽商银行、民众银行、贵州商业银行、华创证券等多项优质金融资产。

杉杉还在寻找下一轮快速增值的项目，寻找更好的有增值空间的优质金融资产，进入能源、资源领域，在更大的循环中，迎来更大的丰收。

正直是我最看重的品质，一个正直的人，一个正直的企业，才能可持续发展与成长。我们要不断培训，不断学习，充实内心修养，充满浩然之气，充满正大刚强之气，"仰不愧于天，俯不怍于人"，堂堂正正做人，堂堂正正做企业。

🔥 企业家

🔥 企业战略

🔥 **企业文化**

🔥 社会责任

68

杉杉企业基本制度

关键词：企业"宪法"、制度建设、纪律与规则

　　杉杉企业是以资本为纽带组合而成的多产业的大型企业集群，由杉杉投资控股有限公司（以下简称控股公司）名下的全资、控股、参股和无形资产（品牌）托权管理的所有企业依法组成的企业共同体。资产关系是杉杉企业的基本生产关系。按照现代企业制度建立起来的控股公司是这一企业共同体的最高代表，控股公司董事局是控股公司的最高决策机构。杉杉企业积极倡导各级经营者持股，使责任机制和利益机制产生良性的互动作用。投资人是杉杉企业的利益承当人。

　　杉杉企业是一个发展中的企业，发展永远是杉杉企业的生存形态。杉杉企业始终把创造财富的产业公司和员工推尊为企业的生命之源，把企业家的创造精神视作企业的第一推动力。在十五年的持续发展中所形成的强势品牌、强大的营销网络和企业家团队的整体组合，成为杉杉企业发展的坚实基础，在此基础上形成的创新求变、勇立潮头、不断追求自我完善的企业精神，·是杉杉企业发展的不竭动力。

　　　　　　　　　　　　　——引自《杉杉企业基本制度》

　　杉杉怎么走？这是2003年摆在杉杉面前的一个非常迫切的问题。表层来看是企业大、企业复杂，深层来看的话，有三个问题引发深度思考：杉杉是一个民营企业，如何在下一步的管理中发挥民营机制的优势？当时的情况越来越明显地呈现出投资、管理、经营三个职能的分离，在分离的情况下，如何设立统一的行为规则？怎样发挥15年来杉杉企业优秀的文化传统，进一步推动产业的发展？

善于提问者是高人。郑永刚说："队伍壮大了，总需要一面旗帜。在杉杉，这面旗帜就是杉杉基本制度。这就是杉杉的'最高指示'。"他把这三个问题集中到一点上，就是重新研究杉杉企业管理体制问题后面的机制问题，这是中国人讨论了20年的问题。企业大了，并不是一个量的扩大，而是一个体系制度和机制的创新与重构，在杉杉企业庞大的框架当中，如何做到步调一致，如何使整个企业发展始终在一种可控的状态，成为迫切需要解决的问题。

《杉杉企业基本制度》应运而生，经过一年多的修订、讨论，2004年2月2日，在杉杉投资控股有限公司董事局全体会议上通过。

这是一部企业的"宪法"，是投资人最高意志的表达。但它的意义及影响不仅限于此。《基本制度》涵盖了两方面的问题：一是总结杉杉成功的关键因素，二是提出杉杉将来能够成功的关键因素。在公司愿景、使命以及战略、业务流程、财务管理、人力资源、员工福利、劳工待遇等各个方面，作出了严格规范。

有一点，在《基本制度》中得到了明显体现。郑永刚说过："当我的想法和企业最高利益相冲突的时候，我也要服从资本意识。杉杉企业，企业为大，我们就是服务的。"《基本制度》表达出杉杉企业的民营性、企业性和可控性这几个方面的特征。什么是民营，民营就是民间资本投资，民营企业要表达的是强烈的资本意志，资本要求迅速的扩张，要求增值，推动产业发展，对投入和产出的要求是非常明显的，资本作为管理企业的最中心环节，杉杉企业追求的最根本的东西是企业利益高于一切。

时任杉杉常务副总裁周时奋总结说，杉杉基本制度是飞速成长的杉杉对自身的生存和发展的一次系统思考，最大的作用就是将高层的思维真正转化为大家能够看得见、摸得着的东西，使彼此之间能够达成共识，这是一个权力智慧化的过程。

让我们改变自己

关键词：企业口号、企业精神、杉杉魅力

1998年底，杉杉总部迁至上海后，面对所有人的惊诧，杉杉抛出了两句话，一句是"与鲨鱼同游长得快"，一句是"让我们改变自己"，回答所有的追问和困惑。

刚到上海的杉杉面临着企业文化的重建，需要一句响亮的口号统一人心。在策划人员苦思冥想的时候，老板的一句话燃起了创意之火："让我们改变自己。"

"杉杉"是什么，从不同角度来解读便能认识杉杉的多重价值，所谓"横看成岭侧成峰"，所谓"看山是山，看水是水"。杉杉是一个品牌，它的价值首先体现于品牌的价值。杉杉是一个企业，一个以资本为纽带组合而成的多产业的大型企业集群。杉杉是一种文化，一个主流服装品牌传递的是一种主流文化，一种生活方式，这就是时尚，就是文化的价值。杉杉是一种精神。精神不仅是"让我们改变自己"的超越，不仅是"立马沧海，挑战未来"的超然，不仅是"自信、创新、卓越"的简洁，当杉杉已经到了"把人和企业当做产品"的境界，这时候输出的就是一种理念，一种精神，一种不断改变、不断超越、不断创新的精神。

李嘉诚有句话"当我们梦想更大成功的时候，我们有没有更刻苦地准备？当我们梦想成为领袖的时候，我们有没有服务于人的谦恭？我们常常希望改变别人，我们知道什么时候改变自己吗？"以此观照杉杉，杉杉的变又折射出时代的变。

变的是老板。郑永刚早期对于杉杉企业功能和发展的定位，更类似于欧美的金融控股公司。10年前杉杉总部从宁波迁到上海的主要目的就是从做产业向做资本转型。"从厂长到总经理，到集团公司董事长，再到投资控股公司董事局主席，我现在的身份是一个投资银行家。""Let's change ourselves!"不断改变自己，突破自己，已经从郑永刚的个性融入到杉杉企业的血脉。

变的是企业。杉杉集团、杉杉股份公司、杉杉投资控股公司，这些类别的企业合在一起叫什么？郑永刚给出的名字是"杉杉企业"。这是一个范围广泛的经济组织名称，在国内有如此称呼的并不多。

杉杉终于变成一个以资本为纽带组合而成的多产业大型企业集群。追溯杉杉的起源，可以发现杉杉企业具有地方国有企业、宁波商帮文化和私人投资这三大基因，经过19年发展，杉杉企业逐步变成了宏观经济与民间资本的产业交流与互动平台，并正在向成为具有金融控股集团模式与东方商社精神的混合体式的企业社会迈进。

立马沧海

关键词：企业精神、企业胸怀、时代印记

　　上世纪80年代末，刘再复的散文《读沧海》震撼了很多人的心灵。"大海是宽厚的，大海是生命的摇篮，大海是生命的象征，大海是情怀的驻所，大海是亘古的远方。"那时候，对海洋文明的追寻是时代的主题。

　　今天，当一些人一起回忆80年代时，他们说："这是中国历史上一个短暂、脆弱却颇具特质、令人心动的浪漫年代。"那个时代的关键词包含着激情、理想主义、精英和使命感。成长于80年代末的杉杉西服，本身带着开放与海洋的气息，迅速而又不可思议的成长一下子将这个地处东海之滨的小厂推向了时代的潮头。

　　到 90 年代初，连续几年雄踞全国市场占有率第一的杉杉叫出一句响亮的口号"立马沧海，挑战未来，奉献挚爱，潇洒人间"，豪情与雄心让所有人为之心动。

　　杉杉说："仿佛听到蔚蓝色的启示录在对我说，你知道什么是幸福吗？你如果要赢得它，请你继续敞开你的胸襟，体验着海，体验着自由，体验着无边无际的壮阔，体验着无穷无际的深渊！"

　　杉杉说："带着千里奔波的饥渴，带着岁月久久思慕的饥渴，读着浪花，读着波光，读着迷蒙的烟涛，读着从天外滚滚而来的蓝色的文字，发出雷一样响声的白色的标点。我敞开胸襟，呼吸着海香很浓的风，开始领略书本里汹涌的内容，澎湃的情思，伟大而深邃的哲理。"

　　杉杉说："在海中，我们省悟；在海中，我们坚强；在海中，我们绚烂。不可想象没有海的世界，是一个怎样的世界。"

　　今天，这样的"宏大叙事"不再为人认同，那句"杉杉西服，不要太潇洒"更让人铭记。但从那个时刻起，杉杉拥有了大海一样包容、兼收并蓄、宽阔的胸襟，这是杉杉成功最重要的元素。郑永刚说："有多大胸怀做多大事业，如果我们愚昧、无知、小气，就难以拥有大海的胸怀，就难以成就一生的伟业，就是一个彻头彻尾的弱小者，就不能战胜别人，同样也不可能战胜自己。"

　　1998 年，杉杉毅然将总部迁至上海，郑永刚说，上海是个"海"，与"鲨鱼"同游才能长得快。当过海军的郑永刚，喜欢在惊涛骇浪中搏击。

　　"立马沧海，挑战未来"，喜悦与惊叹，澎湃与激昂，杉杉要歌，歌唱时代的浩瀚；杉杉要舞，舞动时代的浪涛。

71

正直、负责、创新、奉献

关键词：企业文化、企业精神

郑永刚第一次提出"正直、负责、创新、奉献"八个字的杉杉企业文化理念，是在 2005 年 5 月。郑永刚说："要清理企业文化的障碍，就像我们党的'保先'教育。我们要下力气去做，有了文化认同，才有真正的人才；有了人才，事业才有真正的发展。"

在那一天的会议记录上，记载着郑永刚关于杉杉文化的系统阐述——

杉杉企业文化是什么？是自己的个性。杉杉的个性就是包容，像海派文化，能够吸纳所有优秀的文化。杉杉的文化也是多元的，不是单纯的服装、外贸、科技，像美国的移民文化。

文化是竞争中核心的核心。我理解，杉杉文化有这样几个要素：

正直是我最看重的品质，一个正直的人，一个正直的企业，才能可持续发展与成长。我们要不断培训，不断学习，充实内心修养，充满浩然之气，充满正大刚强之气，"仰不愧于天，俯不怍于人"，堂堂正正做人，堂堂正正做企业。

创新是杉杉的立身之本。杉杉的每一步成功都来自于创新，杉杉永远都是敢为天下先，一直都是时代的先锋，时代的英雄。鼓励创新、保护创新是杉杉企业的性格。

奉献精神不是一种过时的东西，一个人只有全身心投入到事业中去，才会有真正的成就感，才能被社会认可。

负责就是要敢于担当。对企业负责、对股东负责、对社会负责、对员工负责，这是企业经营者的基本素质。

这八个字，应该成为始终悬在我们头顶的一把剑，时刻提醒你的做人之本，做事之道。杉杉走到今天靠的就是正直、负责、创新、奉献。文化是决定企业兴衰的最重要的核心因素，成为杉杉人，就一定要记住：你要对社会负责任。

掷地有声的八个字，不仅是杉杉的理念，也是杉杉19年最精彩的浓缩。企业文化是无形的东西，但有形的东西都是由无形的东西决定的，杉杉走到今天，是战略的胜利，也是文化的胜利。

所谓企业义化，就是指导和约束企业整体行为以及员工行为的价值理念。企业文化是企业体制的重要组成部分。文化是企业体制中的软件，硬件就是法人治理结构、产权制度和管理制度等等。之所以强调不能把企业文化当成企业体制之外的范畴，是因为我们在多元化、混合型的杉杉企业集群中，发

现了杉杉文化作为灵魂的存在。

企业文化分为经营性、管理性、体制性三种，恰好对应了杉杉从产品品牌到产业品牌再到企业品牌的发展历程，毫无疑问，三种文化在杉杉是融合的，但对于今天的杉杉而言，体制是最为重要的因素，体制性文化的培育是成功的关键。

体制性文化，是指为了维系企业体制的存在，人们应该拥有的价值理念。维系一个体制，要提倡忠诚理念、团队理念、敬业进取理念、等级差别理念和制度至上理念。忠诚是最重要的，忠诚就是诚信，就是郑永刚一再强调的正直。在一部分人津津乐道着"有钱赚就有诚信，没钱赚就没诚信"的流氓哲学时，杉杉的"正"将推动这艘大船走得更远。

72

阳光企业

关键词：阳光、正直、可持续

　　杉杉创业19年，从做产品做品牌，到做企业做投资，弹指一挥间，杉杉已成为一个与时俱进的品牌，一个与时代共舞的企业。

　　杉杉是一个阳光企业，从国企转制而来的杉杉，天生带着阳光与正直。郑永刚说，一个正直的企业才是一个可持续发展的企业。

　　一个阳光企业，应该有阳光的底色和阳光的追求。1988年到1999年间，杉杉西服曾经最高达到37％的国内市场占有率。这为杉杉带来了"第一桶金"，这一阳光下的财富也奠定了杉杉的企业底色和发展基调。1998年底，杉杉集团总部由宁波移师上海浦东，开始"与鲨鱼同游"的战略性升空。借助上海的无穷活力，杉杉"化蛹为蝶"，逐步拉开了服装、科技、投资三大板块多元化发展的强劲势头，一个在多元化中融汇专业化特色的"杉杉企业"横空出世。杉杉不再是一个生产产品的企业，而成为一个以输出企业和人才为己任的投资控股集团。

　　一个阳光企业，应该是国家战略的执行者和追随者。2006年底，郑永刚个人更多的时间与精力放到了北方，融入"环渤海"开发开放这一国家战略中去。为贯彻落实科学发展观，全面实施以自主创新为中心的建设创新型国家的强国战略，河北

省廊坊市人民政府充分利用区位优势，在京津走廊间创意策划并规划设立"中科廊坊科技谷"。该项目由廊坊市政府和杉杉企业具体操作、共同运营，以科技孵化和高技术成果产业化为重点，突出自主创新平台建设和新型产业基地培育，集聚国内外科技成果、集聚海内外创业精英、集聚国内民营资本、集聚国际风险投资基金、集聚中央和地方科技政策，力争在较短时间内建设成为国内领先、世界一流的科技成果转化基地，打造具有中国特色的"硅谷"。

一个阳光企业，应该是国际化战略的践行者。2006年9月，郑永刚率领8个中国品牌参加米兰时装周，这个一向被国际一线顶级品牌所垄断的时尚舞台，破例展开胸怀，迎接中国的8家知名服装企业到这里展现风采，在意大利和整个欧洲产生了巨大反响。杉杉还设想，在中央政府和商务部的支持下，让世界四大时装周与中国对接，北京－纽约、上海－巴黎、大连－伦敦、宁波－米兰，让民族品牌走出去，让国际品牌走进来，在更高层面上推动中国纺织服装行业的提升，构筑真正的21世纪"新丝绸之路"。

一个阳光企业，应该积极承担社会公益和慈善责任，共襄义举，同献爱心，为构建和谐社会贡献绵薄之力。同时，坚持做强做大的战略目标，以自身的强大为社会创造更多共有共享的财富。

阳光，赋予我们力量，阳光，是杉杉执著的追求。

反对官本位

关键词：企业就是企业、阳光、平等

    不做胡雪岩，是郑永刚的原则。这个骨子里有着叛逆精神的人，对"官本位"有着本能的痛恨。

    中国是一个讲究"官本位"的国家，"官本位"文化充斥社会生活的各个角落。有位历史学家说，中国五千年的文明史一不是封建主义，二不是资本主义，三不是社会主义，而是"官僚主义"。尽管有失偏颇，但官僚主义在中国确实是无时不在无处不存的。

    因为反对"官本位"，郑永刚带着杉杉离开宁波；因为反对"官本位"，杉杉甚至没有进入最能赚钱的房地产；因为反对"官本位"，杉杉宁愿放弃很多唾手可得的机会。"杉杉是我从一个濒临破产的企业中抢救出来的。没几年我就把它做起来了。我是蚂蚁的时候都很厉害；当我是甲鱼的时候，他们已经踩不死我了，一踩就要摔跤了。这就是蚂蚁和甲鱼之间的关系。我是从小蚂蚁迅速成长为甲鱼的。"郑永刚厌倦了官方的过度热情，他知道，杉杉只有选择离开，才会有自我成长空间。

    "我跟任何一方的领导，私交是绝对好的。只要我到的地方，当地领导没有跟我搞不好关系的，除非他是贪官。因为领导的需求不单单是金钱，还有一种精神的需求。跟我一起探讨问题，第一，真实；第二，有东西；第三，我毫无顾忌，对朋友我是真诚的。所以初次接触，有些领导忌惮我；但是一旦熟了，就没有这种感觉了，我很简单呀。但是我有一条：从来不找他们麻烦，我无所求。有些领导我们私交挺好，但是要从我这拿什么好处，那是不可能的，我是风不进雨不出的。"杉杉的阳光与性情直接得让人难以接受。

"官本位"文化与现代企业文明是格格不入的，但从这样的体制中走出的企业不可避免地带着"官本位"的烙印。官僚主义，大企业病——是官本位在企业中的体现。

所谓"官本位"，是指这个国家的社会价值观是以"官"来定位的，官大的社会价值高，官小的身价自然小，与官不相干的职业则比照"官"来定位各自的价值。杉杉有不少官至正厅、副厅的下海干部，但他们没有带来官场文化，而是自觉地接受特立独行的杉杉文化。郑永刚说："我随总理出访欧洲，这是社会义务，没有自豪。曾宪梓去当全国人大常委，李嘉诚什么也没有，没有级别的实业家地位才是最高。世俗不是这样，要改变，改变就会另类，就进步。杉杉久盛不衰，精粹就在这里。企业文化就是个性文化，别人做不到的，才是个性。"

同样，在企业内部，郑永刚一直旗帜鲜明地反对"官本位"。

——腐败现象已成为文化的组成部分，不良文化在蔓延。有点像官场了，越不赚钱的地方越讲排场，这是意识形态问题，要给自己革命。艰苦创业，反对摆谱，这一点要坚持。

——老总是赚钱的，不是花钱消耗的，最大的老总赚最多的钱。做企业关键是思路，政治路线确定后干部就是决定因素。

——杉杉控股公司这一块，将来人员越来越少，要求越来越高，地位越来越低。第一，这不是一个官僚机构，是权力与服务的结合，是服务机构；第二，是管理机构，核心是资产。控股公司有五项职能：投资决策、发展战略、资产控制、制度创新和企业文化；第三，这里没有官，每个人都要干具体的事，不能光派工、光落实下去，一定要做具体工作。

作为一个"叛逆者"，杉杉赶上了一个好时代；但郑永刚也有无奈，到上海将近10年，他深有感慨："从财富、智慧来看，我融入了上海的主流社会，但我融入不了上海的主流文化。"

权力崇拜难以打破，历史的曲线并不因一个人而改变。

杉杉论坛

关键词：魏杰、余秋雨、马立诚、曹建明、曹景行、
王安忆、莫言、王蒙、唐季礼、樊纲、吴敬琏

1997年8月6日，一份"关于创设'杉杉论坛'的设想"
的企划案被提交到杉杉集团总裁郑永刚手中，在听取企划案
的主要内容后，郑永刚当即批示"基本思路好，同意由企划
部深化并实施"。由此，在杉杉企划文化建设中有着浓重一
笔的"杉杉论坛"正式开始运作。

"杉杉论坛"自创设到2005年暂告段落先后经历了"宁
波杉杉论坛"、"复旦杉杉论坛"和"新世纪杉杉论坛"三个
阶段，先后邀请到各领域名家、学者数十人到论坛开讲，精
彩纷呈、影响深远。

"杉杉论坛"企划案开宗明义：一个真正成熟和久负盛
名的大企业，除在经济力量上能对社会起举足轻重的作用
外，还有必要在社会的广泛领域拥有发言权。这在西方国家
早已如此，而在现代中国，随着日益壮大的非国有企业的经
济力量的正趋形成，这一时代迟早会到来。在任何时候都走
在行业前头的杉杉集团，应该先走一步。

企划案对论坛开设从长远来看将给企业带来的好处作
了这样的思考：其一，提升企业层次。将有许多社会名流
聚集（现在许多社会名流都喜欢与企业交往，与他们的同
行反而相对疏远，这是不争之事实）；各种精英的思想、观
念、方法通过"论坛"载体，将对社会方方面面产生不同程
度的影响，这种高屋建瓴的做法已经不是经济实力层面的考
量，因此与普通企业拉开了质的距离。其二，树立良好的形
象。企业是经济组织，中国许多企业，包括一流大公司，缺

74

乏足够的文化内涵。企业文化并不是企业内部搞搞活动、唱唱歌跳跳舞，而应该有影响社会的张力。"杉杉论坛"的开设与"杉杉品牌"相得益彰，令人肃然起敬，有助于增加企业在公众中的印象分。其三，训练内部决策管理层。在与众多各个领域权威人士交往中，拓展视野、活跃思想，提高决策水平；了解信息、掌握动向，增加发展机会。

企划案还对"杉杉论坛"的具体执行细节进行了描述。

1997年12月12日，首届"杉杉论坛"以"走向新纪元——中国企业深化股份制改革演讲会"为主题，假座新落成的建行宁波分行报告厅隆重举行。宁波市政府领导、各机构部门、大企业负责人、众多媒体和杉杉本部管理层等兴致勃勃前来，许多听众因场地所限不能进入，一时一票难求。主讲人是时任国家国有资产管理局科研所所长、经济学博士，被经济界誉为"京城四少"之一的魏杰先生。身材魁梧、中气十足的魏教授，观点鲜明、条理清晰，使听众凝神屏息，报告厅里几个小时鸦雀无声。他说："第一，为什么十五大对股份制提得这么高？因为我们要为企业寻找新的资金来源 是国企改制的需要；是解决非国有企业产权制度的一项选择；是客观形势所迫。第二，股份制改革的条件，包括改制的条件、公正的社会环境，都是为了加快国有资产建设、造就企业家队伍。"关于企业家素养他展开分析：一个真正的企业家必须具备创新能力，对社会生活灵敏的反应和对企业扩张永不满足的需求。同时他指出，企业家是最宝贵的社会财富，是稀缺资源，应该得到社会的尊重。接下来他对股市、资产重组等进行详细的解说。这次讲座使宁波政府、学术团体、媒体、企业等加深了对股份制的认识：股份制在全球企业的企业形态中约只有20%，但它却支配着全球约80%的社会资源，这说明股份制不是我们时代唯一的企业形态，但肯定是最好的最先进的企业形态。

"杉杉论坛"在宁波成功发轫，媒体和机构频频追问，下一期什么时候开讲？根据当时企划案计划的每二到三个月举办一期的节奏，1998年度分别邀请时任国家体改委经济体制改革研究院第一副院长曹远征博士，文化学者、著名散文作家余秋雨教授，《人民日报》评论员、政论畅销书《交锋》作者马立诚，时任华东政法学院院长（现任最高人民检查院检查长)的曹建明教授和时任中国政法大学校长、著名法学家江平教授等到坛开讲。

曹征远博士以"90年代中国经济新变化及未来走向"为题,对世纪之交的中国经济进行了深刻的分析和阐述。而余秋雨先生以"中国城市文化建设"为题,提出城市文化建设必须具备文化设施、文化产业和文化偶像三大元素或要件,观点清晰而鲜明。在余先生演讲的后半程,与听众的互动交流在妙趣横生中闪烁着真知灼见。这里摘录一部分:

听众问:你认为中国作家离诺贝尔文学奖还有多远?

余答:挺远的。(笑)不要责怪是我们翻译得不好,也不是外国人故意瞧不起中国人。他们评错或评得不理想的也有。但我们文学要达到国际公认水平,真是有距离的。如果文学作品看得不多的话,看电影大致就可以知道,《泰坦尼克号》可以说有很多缺点,但是中国电影与它就有很大距离。我很赞成中国原来的电影局局长石方禹关于《红河谷》的一次答记者问。《红河谷》在国内得了很多奖,但是在中国人主持的国际电影节上没有得奖。石方禹说,我做了40年电影领导工作,我太知道了,中国再大的艺术都藏在政治当中,外国人一眼就看出来了。这是非常大的毛病。我不是说艺术一定要跟政治分开,但毫无疑问,艺术有自己的独立品格。大的作品一定要作人类学的关怀,不能成为一个精美的宣传品,也不能成为一个人发牢骚的东西,它要有相当的量度,能包容很多东西。对人性的挖掘,对人的本体状态,对人类命运的挖掘,我们的作家都不习惯。不擅长表达我们的愤怒和感慨。世界各国对中国文学的了解,很大程度上是当做社会道德资料来看的。

听众问:教授,你在《抱愧山西》中写了山西的商人,能否谈谈你对家乡商人的看法?

余答:很遗憾,对宁波商人我还没有认真地研究。宁波商人久闻大名,山西商人真是湮没在茫茫历史中。我当时写的时候,为它的湮没所感动,这么一支在亚洲著名的经济队伍,怎么可以任其湮没呢?更不应该的是,居然没有一本文化著作提到过他们。山西商人当年毫无疑问远远超过宁波商人,在清代,全国金融网络的雏形就是由他们建立的。那时,他们肯定是亚洲最了不起的经纪人。

听众问：余教授，你在《乡关何处》中流露了对家乡的留恋，那么你在上海，在国外时有没有李白、杜甫那样客居他乡的漂泊感觉？

余答：我跟他们有点不一样。对李白、杜甫客居他乡的感觉可能要作些哲学的探讨。李白在外地想念家乡，可问题是你那么想念家乡，你又没有正规的工作，为什么不回家呢？（笑）杜甫也一样。他们其实置身于异乡的感觉当中，这种感觉特别美。（掌声）这是美学当中一种比较重要的体验。这种想念其实是抽象的。只有在异乡，才有一个真正的心中的家乡。我在家乡已没有房屋、家人，但我这个人无论走到哪里，没有一个地方不是我的家乡。

听众问：你的偶像是谁？

余答：我的偶像都不在我身边。中国古代的是苏东坡，我不是非常崇拜屈原，他太苦，（笑）与朝廷的关系太密切。苏东坡就是好，他遭了那么多灾难，在多大的灾难面前都能够乐呵呵的，走到哪里人们都喜欢他。这是一个人最神秘的品质。

从国际视野看，20世纪我特别喜欢爱因斯坦，这样一位大物理学家的人文思考。爱因斯坦自己总觉得物理学家最多只能说明世界是什么样的，但说明不了世界为什么是这样的。星球为什么这么转？为什么又撞在一起？为什么万物安排得这么有序？他说"当我成为一个物理学家，就会产生一种宗教情怀"，我认为这是一种赤子之心。

政论家马立诚因《交锋》一书名噪一时。他以"关于《交锋》与思想解放的背景"为题，讲述了20世纪80年代中国政坛思想解放艰难的过程。马立诚自言："当此中国转型的时刻，能够为中国的现代化贡献一些力量，是人生的最大价值。"1998年4月18日，前全国人大委员长万里专门就《交锋》一书在人民大会堂接见马立诚。万里说："《交锋》写得好！邓小平理论发展起来不容易啊！当初我在安徽搞包产到户，阻力好大。后来终于战胜了。四个万言书很不好，这说明现在还在交锋。没有交锋就没有改革开放。"

曹建明演讲的主题是"金融安全与法制建设"。他于1994年和1997年先后两次到中南海为中央政治局常委开设法制讲座。曹教授讲课思路清晰、诙谐幽默，给宁波听众留下了深刻的印象。

1998年底，随着杉杉总部战略迁移上海，"杉杉论坛"宁波阶段就结束了。杉杉首创企业举办开放式学术论坛的先河，使宁波听到了来自全国的高水准的声音，影响深

远，企划案最初构想的目的也初步达成。

杉杉总部迁师上海后，为延续论坛，同时，也为让企业文化形象在大上海亮相，杉杉与复旦大学经济学院合作开设了"复旦·杉杉论坛"。论坛先后邀请到美籍华裔著名记者、社会活动家赵豪生先生、凤凰卫视名主持曹景行先生、陈鲁豫小姐、著名经济学家樊纲博士，著名经济学家陆德明教授等到论坛开讲，吸引了沪上各界，深受欢迎。

2001年11月16日，凤凰卫视首席评论员曹景行的到来，使听众人数剧增。论坛假座上海图书馆的千人报告厅，曹景行以"9·11事件的前前后后"、"历时十五载中国与WTO拥抱"、"上海成功举办APEC后中国的姿态及影响"等重大话题开讲，盛况空前。曹景行是知名作家曹聚仁的儿子、著名导演曹雷的弟弟，许多上海观众从连续30小时转播"9·11"事件的凤凰卫视上，领略了曹景行独到的见解和精彩的评说。曹景行一开口就引来掌声："上海是我的老家，复旦是我的母校，杉杉是我们的报道对象和广告客户，因此我特别高兴来到这里开讲。"在近3个小时演讲中，曹景行几乎是口不打顿。

在互动交流中，曹景行说："作为一个新闻工作者，我最喜欢这句话——有一次唤醒世界的经历就够了。"但对他来说，已有三次"唤醒世界"的经历了：第一次是邓小平去世专题，第二次是做北约轰炸我驻南使馆报道，还有就是9·11事件。因此他觉得真正找到了观众的兴奋点，点燃了大家的热情。

2002年后，杉杉与上海市委宣传部、上海图书馆合作，开设"杉杉·新世纪论坛"。先后邀请著名作家王安忆、莫言，著名媒体明星杨澜，著名经济学家吴敬琏，著名作家王蒙和著名导演唐季礼等到论坛开讲。其中有中国文坛"双子星座"之称的王安忆与莫言联袂登台，以"写作是悲壮的抵抗"为题，阐述经济全球化的文学悲痛。写作是一声叹息的静默、人文精神的独立品格，文学绝不能全球化等论点，让听众陷入深深的思考。两位作家在与文学青年的互动中妙语连珠。

问：如果写作在今天是一种悲哀抵抗，为何你还要继续写作？

莫言：文学尽管是一种悲壮的抵抗，但我还是会继续写下去。曾经做梦当上了官，那样就不用写作了，但生活中没有人封我官，哪怕是一个乡长，所以还要写下去。我从事写作20多年，如同抽烟，已经上瘾了。到了我这岁数，名利已不是主要动力了，当然没有名利自然会打点折扣，但更重要的还是热爱。

问：对网络文学与传统写作有何看法？

王安忆：我平时不上网，不太清楚。但我做过三届网络文学大赛的评委。我认为，写作工具其实与写作本身无关。写得好就好。我发现多数的网络写手，类似于音响发烧友，先发烧器材，后发烧音乐。网络写手对文学的准备不充分，更像习作或作文。他们只是喜欢用电脑写作而已。

问：对写作者而言，经历是很重要的一种东西。目前20来岁的年轻人，经历是有限的，他们是否要等到40岁才能写？或者从现有小说中找套路？

莫言：不必等到40岁。现在低龄化写作越来越多，有人6岁就写长篇小说，一个小学生，据说光写检查就写了20万字。其实那种忧虑根本不必要。我曾经要求我女儿忆苦思甜，结果她反问我，你以为我们现在吃饱穿暖了就没有痛苦吗？我们的痛苦更深。文学与痛苦有关，每个人都可以写自己的痛苦。过去吃不饱的痛苦是低层次的，现在是后物质时代的痛苦。因此，完全没不要为此烦恼。

而杨澜以"从历史中寻找灵感"为题，讲述她成名之后，如何在名利巅峰中选择寂寞的求知。

吴敬琏作为当代中国最有影响的经济学家之一，在理论和实践上为推动中国改革与经济发展作出了重大的开拓性贡献。央视颁发2001年度中国经济年度人物大奖时对他的评语为："一个瘦弱的老人，一个推动市场经济的大力士；一个保持童真和率真的学者；一个心系国家、情牵百姓的经济学家。2001年，他用睿智和良知擦亮中国股市。他是一位无私的、具有深刻忧患意识的社会贤达，一个纯粹的人，一个特立独行的智者。一个把中国老百姓的疾苦当做自己疾苦的学者。他体现了中国知识分子´先天下之忧而忧´的高贵品格，是年过七旬仍保持童真和率真的经济学家。"吴敬琏先生的到坛把"杉杉·新世纪论坛"推向了高潮。

正所谓天下没有不散的筵席，2005年，"杉杉论坛"完成了自己的使命，暂时休坛了。因为贴近听众的心理与需求，始终关注的是普通人群的文化情绪，杉杉论坛取得了极大的成功，得到了极佳的社会反响和社会效益。值得注意的是杉杉论坛由国内著名企业担纲的运作模式毫无疑问地取得了成功，由此为国内同类论坛提供了方向和启示。杉杉论坛从宁波初创，移师上海，享誉甬城和沪上，并通过众多传媒播及全国，达到并超越了最初确定的目标，把杉杉企业文化建设推向一个前所未有的高度，在杉杉企业发展史上抹上浓重的一笔。

75

复旦三期

关键词：高管培训、可持续、基业长青

日月光华，旦复旦兮。

2005年10月12日，正值复旦百年华诞之际，杉杉企业先锋领导力研修班开班，杉杉企业68名高级管理人员齐聚复旦大学，共享思想盛宴，接受文化冶炼。

郑永刚说："要研究企业培训。我们党有两大法宝，一是中央党校，一是纪委。这一块必须抓起来，要有硬手段。巩固一个帝国不易，要用文化去凝聚她。"

杉杉企业先锋领导力研修班由控股公司主办，旨在提升团队素质，传播杉杉文化，培训对象为总部、各集团、产业公司高管人员。

在开学典礼上，郑永刚说："正值复旦百年华诞之际，我们在复旦大学举办杉杉企业先锋领导力研修班，这是一件很有意义的事情。复旦大学是由中国人自主创办的第一所高等学校，在一个世纪的历程中，秉承'博学而笃志，切问而近思'的校训，与民族共命运，与时代同前进，为民族振兴和国家复兴作出了重要贡献。'日月光华，旦复旦兮'，今天，我们相聚复旦，就是要感受'爱国、独立、自由、民主、牺牲、服务、创造、图强'的复旦精神，为杉杉企业的百年基业储备更为强大的精神动力。"

清华大学校长梅贻琦先生曾经说过："所谓大学，不是因为有大楼，而是因为有大师。"同样，一个大企业，她的大不在于规模，不在于利润，而在于人才，在于她聚集了多少为社会创造财富的人才，多少为国家繁荣作出贡献的精英。杉杉连续多年入选中国企业500强，是国内屈指可数的大企业 但是从人才数量、结构和素质来衡量，杉杉与真正的跨国公司还有距离。所以，杉杉与复旦合作，培训企业高管，就是希望通过培训，锤炼团队，提高素质，以执行力提升领导力，以文化力强化控制力，以竞争力锻造生命力，让杉杉在全球化经济中生生不息。

郑永刚说："杉杉人要严格遵循正直、创新、奉献、负责任的杉杉企业文化。企业管得好，一个要靠内控制度的管理，一个要靠企业文化的认同，大企业只有企业文化、价值认同，大家才能够走到一起。杉杉的文化就是对社会、对企业、对员工负责任，杉杉需要认同我这企业观、价值观的人一起共创杉杉辉煌，为杉杉大厦添砖加瓦，共同打造百年杉杉。"

研究班分三期，数十名复旦名教授为杉杉高管授课，经过三期近百个课时的学习，学员们拿到了结业证书。众多学员深感获益良多。杉杉控股执行总裁胡海平深有感触，他说："平时工作忙，尽管自己经常读些有关企业运作管理的书籍，但毕竟不够系统，此次培训能使自己较系统地学习相关知识。带着实践工作中的一些感触，再回到课堂，觉得这样的学习特别有价值。世界上大企业无不强调培训是企业生命延续之果，都投入了大力气，杉杉此次系统组织培训，迈出了历史性一步，这是基业长青的根本保证。"

76

杉杉媒体

关键词：文化传播、内刊

"把企业办成学校，把企业办成媒体"，是郑永刚常常说的一句话。

杉杉很早就有了自己的报纸，《杉杉时报》在浙江企业内刊的登记号是浙B0001。1989年，郑永刚任甬港服装总厂厂长，次年，杉杉的第一份报纸《杉杉人》诞生，一份以内部人、内部事为主要内容的报纸广受好评。1998年，随着杉杉总部迁至上海，更名为《杉杉时报》，表达了杉杉人与时俱进、融入大上海的决心与勇气。《杉杉时报》至今仍然出版发行，是杉杉企业上情下达、下情上达的喉舌。

杉杉还有过多份杂志。1999年，杉杉实行特许经营改革后，为加强总部与加盟商的沟通，创办了《双赢》杂志，一份融时尚潮流、高层信息、杉杉文化于一体的杂志不仅在加盟商中影响深远，而且随着一件件杉杉西服的销售，引起了大量社会人群的关注，获得了多项国内内刊奖项。

1999年，《杉杉志》创刊，以高品位、高品质成为杉杉文化输出的重要桥梁。

杉杉还主办了国内最早的时尚媒体《风采》，开风气之先，领叫尚风骚，一时成为佳话。

1999年，杉杉创建了自己的网站，如今，以杉杉企业网为龙头，链接了几十家杉杉系下属企业网站，成为了解杉杉的重要窗口。

郑永刚还说过，金融和媒体是两大核武器，杉杉要进入金融领域和传媒领域。我们有理由相信，会有一天，一个充满阳光、充满正气的媒体在公众面前出现，她的背后是杉杉。

事实上，杉杉的公益情怀由来已久，创业19年来，杉杉累计向社会捐赠超过2亿元。这并不为公众所知。在2007年一次性拿出2000万创立一项慈善基金后，郑永刚对主办方说："我唯一的要求是不作任何报道。"

🔥 **企业家**

🔥 **企业战略**

🔥 **企业文化**

🔥 **社会责任**

77 杉杉与教育

关键词：宁波大学、组建广告传播系、经世致用

首设奖教金

尊师重教是中华民族的优秀传统，杉杉在小有成就时就开始报效乡梓，继承传统。1994年在宁波师范学院设立奖教金，奖励每年评出的优秀教职工。意在唤起全社会重视教师、支持教育的风气，在全社会重视科技人才和经济、法律人才时，突出个性地向全社会呼吁，重视培养中学教师的摇篮——师范学院。

资助创办宁波大学广告传播系

1995年，宁波的经济发展迎来了一个发展期，以杉杉、雅戈尔等企业为代表的品牌带动着宁波企业创名牌，走市场化道路，各行各业、大小企业和品牌如雨后春竹破土而出。经济的繁荣带动了广告业的迅猛发展，据统计，当年中等规模城市的宁波，各类广告公司有数百家之多。但广告专业人才的奇缺困扰着广告业，记得那时持有广告从业资格证件的人员特别吃香，广告公司相互争相竞聘，聘不到人员也想方设法借到从业资格证书，用于广告公司创办和年检时工商行政部门的审查。

此时，全国范围的不少综合性大学为适应形势，培养社会急需人才，纷纷组建创办广告传播专业。记得当时中国的大学里几乎没有这个专业，极少数的如厦门大学设有此专业，厦大广告系毕业的学生走到社会上非常吃香，仿佛背着一块闪闪发亮的金字招牌。

杉杉的创名牌之路完成在短缺经济年代，第一桶金赚得满满的。公司的企业形象策划部因在宁波找不到充足的人才，只能在全国范围寻找。杉杉感觉到公司发展对人才的渴求，而人才培养的关键是教育。而此时，宁波大学也有创办广告传播系的设想，双方想到了一起。

宁波大学是宁波市唯一一所设有本科以上学历和专业门类较多的综合性大学。1986年由世界船王包玉刚先生捐资创立，邓小平同志亲自题写校名。学校发展过程中，包玉刚、邵逸夫、曹光彪、李达三等海内外"宁波帮"人士和王宽诚教育基金会给予了大量捐助。学校积极倡导浙东学派"实事求是、经世致用"的治学精神，牢固树立了为地方经济社会发展服务的理念。

经杉杉集团与宁波大学商议，决定由杉杉出资，由宁大的中国文化研究中心来组建广告传播系。该系于1995年初创建成立。这不仅体现了大学"经世致用，服务地方"的思想，同时也反映了企业重视教育事业，取自社会、回报社会的品德。

宁波大学广告传播专业的设立在当年的宁波教育界和经济界起到了积极作用，影响深远。以后，这个专业不断发展，逐步演变为今天的艺术与传媒学院。现在的学院在读学生近千人，成为学校排名前列的学院，历年毕业的学子走向社会服务社会，为宁波和各地经济发展不断地贡献智慧和才华。

杉杉求是中专

1993年，杉杉企业不断高速发展，无论在行业内，还是在宁波地方上，都有很高的知名度，尤其是企业领导人的魄力和气度，深得人们赞赏。中国民主同盟宁波市委为了发挥盟员教育方面的专长和服务宁波地方经济，一心想筹建一所民办的中等专业学校，但苦于经费不能落实，计划一直停留在纸面上。杉杉的慷慨吸引了他们目光，通过鄞州教育主管的牵线，与杉杉洽谈。杉杉的发展过程也是不断引进人才的过程，深感教育的作用和对经济发展的意义，所以双方一拍即合。为了体现杉杉服装企业的特色，也为了服务宁波地方发达的服装工业，学校专设一个服装专业。一所由民盟宁波市委主办、杉杉无偿提供办学经费的民办中专于1994年秋季开始招生。该校至今已培养了大量中等专业人才，为地方经济发展作出了贡献。

欢乐颂

关键词：指挥系、郑小瑛、俞峰、杉杉指挥育才金、"欢乐颂"交响乐晚会

1997 年初夏，北京，中央音乐学院指挥系排练厅，指挥系本学期的期末大考正在进行。主持考试的指挥系主任俞峰教授介绍到场的考评老师，其中包括大家非常熟悉的女指挥家郑小瑛教授。受邀观摩考试的杉杉企业副总裁王仁定也坐在了老师席间。从众多老师的面部表情上可以看出，场面气氛有些凝重和尴尬。台上一位指挥系学生正挥动着指挥棒，而台下没有想象中的交响乐队，甚至连一支小乐队也没有，只有两架钢琴，弹奏钢琴的是两位青年教师。

老师对学生的考评只能通过这样简单的，甚至可以说是敷衍的方式来判断。这在这些从教音乐指挥十数年甚至几十年的老师看来，简直有些不可思议。一个指挥系学生从入学到毕业需要整整八年时间，而八年学习很少有实践的机会，几乎是在纸上谈兵。

指挥系的学生不多，一共才十几个，有些还是各地送来进修的，所以考试没花很长时间。考试刚结束，郑小瑛教授就言词激烈地说开了："再这样来考核，没法教学了。学了这么长时间，竟然以指挥两架钢琴来考核，没有指挥的经验，有一天，真让指挥一个乐队，不晕才怪。我已经跟学院

78

明说了，学院不给经费，再这样搞下去，我郑小瑛就不带研究生了。免得人家说我郑小瑛的学生不会指挥。"郑小瑛话音刚落，老师们纷纷议论开了。这时，系主任俞峰微笑地说："郑老师，你别发火，今天有个好消息。"他说着拉起王仁定向大家介绍："这位是中国很有名的企业杉杉企业的副总裁王仁定先生。他们企业决定，出资支持我们指挥系，在中央音乐学院指挥系设立育才金。"听到这个消息，大家都兴奋起来。作为艺术家的郑小瑛十分激动，她拉着王仁定的手，眼里闪着泪花："谢谢杉杉企业，谢谢你，你们真是功德无量啊。"

就在1996年，出身宁波的指挥系主任俞峰正为教学经费的严重短缺而殚精竭虑、四处奔走。杉杉企业了解到中央音乐学院指挥系的窘境后，就研究决定进行资助。负责企划的王仁定由总部派遣对音乐学院进行考察并洽谈资助的具体操作细节。俞峰特意安排在期末考试时间，因此，就出现了本文一开始时的情景。

过后不久，杉杉企业与中央音乐学院在北京举行了"中央音乐学院指挥系'杉杉指挥育才金'"设立签字仪式，杉杉出资人民币300万元鼎力支持指挥系的教学事业。杉杉企业总裁郑永刚和时任中央音乐学院院长王次召出席并签署了合约。中央和地方许多媒体对此进行了报道，对杉杉报效教育事业的义举表示了赞赏。

1997年是中央音乐学院指挥系创建四十周年，"杉杉指挥育才金"的设立使学院和指挥系双喜临门。杉杉企业和中央音乐学院一致决定，在北京音乐厅举行一场交响乐晚会，以志庆祝。

被命名为"中央音乐学院指挥系创建四十周年暨杉杉指挥育才金设立'欢乐颂'交响音乐晚会"在北京音乐厅如期举行。历届指挥系主任，包括李德伦、黄飞立、郑小瑛、徐新和现任主任俞峰轮流上台指挥。中国顶尖指挥家同台献艺的消息一出，首都的音乐听众争相前往，一票难求。李德伦老先生因年事已高，长期患病，竟然抱病坐着轮椅上台，指挥坐在高椅上完成，情景十分感人。郑小瑛的潇洒果敢、俞峰的神采飞扬都给观众留下了深刻的印象。当晚，北京音乐厅喜气洋洋、盛况空前，时任国务院总理的李鹏同志及夫人，还有其他领导人李铁映、王光英等出席了交响乐晚会。音乐会在贝多芬第九交响乐"欢乐颂"恢宏壮丽的旋律中结束，全场掌声雷动。

此举，使中央音乐学院指挥系的发展迎来了一个空前的良机，杉杉的企业形象和品牌美誉度也是锦上添花，更上了一层楼。

F1 摩托艇大赛

——贡献环保，杉杉为西湖 F1 摩托艇世锦赛排污护航

关键词：F1 摩托艇、杭州西湖、杉杉支持环保

　　1995 年 10 月 26 日，世界一级方程式（F1）摩托艇锦标赛（中国站）比赛在杭州西湖举行。F1 摩托艇比赛被称为当今世界四大比赛之一（世界四大比赛即奥运会、世界杯足球赛、F1 赛车赛和 F1 摩托艇大赛）。F1 摩托艇最高时速可达 250 公里，从 0 到 100 公里／小时加速只需 3.5 秒，其比赛场面惊心动魄、精彩纷呈。

　　杭州西湖 F1 摩托艇大赛是我国第一次举办的有关这个项目的竞赛，来自 12 个国家的选手参加角逐，预计现场参观者将达 60 － 80 万人。

　　1995 年正是杉杉品牌向巅峰迈进的年份，利用全国各类大型活动不断宣传杉杉企业和品牌正是当时的企划决策。同年 3 月 11 日，杉杉的 CI（企业形象发展战略工程）全面完成，根据杉杉新标志"青山绿水"含义和与绿色环保相结合的传播策略，杉杉企业杭州分公司关注到这次 F1 摩托艇中国站在西湖比赛的重大讯息，及时向企业总部报告，有意介入赛事，进一步提升杉杉品牌在杭州和浙江地区的知名度和美誉度。在与赛事组委会初步接触后了解到，将 F1 摩托艇大赛放到杭州西湖，使世界

级赛事与国家级名胜相得益彰，有利于吸引中国观众和该赛事在中国的推广和传播。但F1赛艇的高速是在液态燃料高速燃烧中产生的，燃烧未尽和排出的废气、废料多少要对环境造成一定的影响，而杭州西湖是在12000年以前形成的"泻湖"，平均水深1.8米，最深处才2.8米，而秋季又是蓄水较浅之时，承载如此激烈的赛事本来就有点难度，且西湖为远近闻名的旅游胜地，赛事一旦对环境造成污染将会带来负面效应。

鉴于此，杉杉企业总部经过商议，决定斥巨资清洁F1赛艇在赛事后给西湖造成的水质污染。此构想及时传递了出去，给正为资金短缺而发愁的赛事组委会莫大的鼓舞和支持。

10月份，杉杉企业和赛事中国站组委会在杭州联合召开新闻发布会，通过媒体向社会发布了这一消息，并在赛后实现了西湖环保。政府、民众、媒体和体育界对杉杉此举予以了高度的赞扬。杉杉企业和品牌的美誉度和知名度也得以提升。

杉杉认为，企业是社会的有机体，它存在于社会，取之于社会，也理应回报社会。在选择与企业品牌定位适合的情况下通过有效的形式予以体现，既有利于社会，也有益于企业。

"我爱这绿色的家园"

关键词：CI发布会、植树节、我爱这绿色的家园、北京

1995年春天,对于杉杉集团来说是个充满生机和希望的春天.如同自然界的季节变换,孕育已久的种子在春天以不可遏制的力量吐露新芽,破土而出,告诉大地自然生命的鲜活和冲动,给人类家园带来无限的绿意。

杉杉,经过长达一年的企业形象战略(CI)导入和整合,终于结出成果,杉杉崭新的企业理念、行动纲领和视觉形象,将向社会和公众展示。这是杉杉人和所有关心和关注杉杉的朋友所热切期待的。经过周密的策划和充分的准备,命名为"杉杉京城绿色之旅"系列行动开始了。

3月11日,北京香格里拉大饭店会议大厅,现场布置一新,以杉杉新标志为核心的图标、色彩、展板、旗帜、会标等将长廊和大厅染满浓郁的春色。杉杉集团在总裁郑永刚率领下,总部管理层和各所辖分公司经理们近百人,与应邀前来的中央相关机关部门的领导人、贵宾、新闻界各朋友会聚一堂,隆重召开"杉杉·我们与世纪的早晨同行"为主题的CI发布会。

这是杉杉在中国服装界的又一个创举,完整、系统地重整企业形象,表达企业进入世界名牌之林的热切渴望。郑永刚总裁在发表会上说:"'杉杉'品牌的旗帜矗立于华夏,以

杉杉股份公司为龙头企业，以杉杉西服为核心产品，以跨区域、跨行业、股份制为经营方向的杉杉集团正活力充沛、生机勃勃地昭示未来。今天的杉杉更注重品牌宣传和企业形象。在经营有形资产的同时，也注重无形资产的经营。因此，导入CI在杉杉势在必行，顺理成章。我们接受台北艾肯企业形象策划公司的杉杉CI规划方案，并为此专门组建杉杉CI决策委员会和企业形象策划部进行全面推动。我们相信经过专业公司的精心策划和我们自身的奋力推进，杉杉的品牌、形象和文化将焕然一新。立马沧海、挑战未来。杉杉集团将迈着无比自信的坚实步伐，携手各界，不断走向辉煌。"

发表会上，郑永刚向各分公司总经理授予杉杉旗帜，向集团总裁助理、企划部部长王仁定授予第一本《杉杉企划识别系统规范手册》，紧接着，以杉杉标志和蓝绿色彩为视点的新概念时装表演进一步演绎了杉杉CI的理念。此刻，所有与会的杉杉人内心涌动着激情，对未来的发展充满了空前强大的希望。会场气氛庄重而热烈。就在CI发表会的前一天，主题为"春天，我们植树去！"的活动已经拉开了序幕。杉杉集团联合全国绿化委员会、国家林业部、全军绿化委员会推动绿色行动。当年全国有关植树节的十万张宣传海报由杉杉负责设计、出资印制，经全国绿化委分发到各地张贴。数千名中学生在北京城广发植树节宣传单和宣传卡片，宣传单、卡设计富有创意，别具风格。四张一套的宣传卡的文案分别这样写道："每人每年义务植树3－5棵。全世界有三分之二的国家和地区受到沙漠化的侵害，陆地总面积已达179万平方米，每年流失的土壤达50亿吨，到本世纪末50万至100万种生物将灭绝。如此，人类的命运不堪设想。""目前我国森林覆盖率为13.92％，位于世界第120位，我国沙漠化土地每年扩大2100平方公里。我国每年因水土流失而导致国家损失相当含氮、磷、钾的标准化肥4000万吨，我国每年有44万公顷（460万亩）的林地变为非林地。""人类学家说，森林是人类的摇篮；历史学家说，森林是历史盛衰的象征；经济学家说，森林是绿色的宝库；生态学家说，森林是地球的肺脏；能源学家说，森林是煤炭的始祖，江河的源泉。请爱护地球，爱护我们脚下的每一片土地，每一片绿色！""1979年2月第五届全国人大常委会第六次会议规

定，每年的3月12日为我国的植树节。表达中国人民改造自然、造福人类，年年植树、坚忍不拔的决心。"

宣传卡的广泛散发在市民中引起热烈反响。首都媒体对此进行了跟踪报道，赞扬和肯定了杉杉崭新的精神诉求和公益行为。

中国杉杉，绿色春天，奉献挚爱，潇洒人间。

"我爱的春天已来到，可我不爱的风沙也来了。朋友，您是否也有同感？那么，我们植树去吧。伸出双手，奉献绿意，让春天也成为北京的收获季节！"

1995年是第十四个植树节，全国绿化委、国家林业局、中央电视台、全军绿化委、杉杉集团共同组织了一系列宣传和植树活动，旨在提升每一个公民的环保意识，推动全国绿化运动的发展。同时，杉杉人愿以卓尔不凡，自然洒脱的杉杉西服为人们增添一份春天的自信，欢迎人们也加入绿色之行。

宣传活动开始后，"杉杉京城绿色之旅"系列活动环环相扣地展开了。3月10日－3月31日，主题"满园春色——杉杉西服展销"在北京各大商场开幕；3月11日的"青山绿水，永无止尽——杉杉集团CI发表会"和"都市绿韵——杉杉CI新概念时装展示会"在北京香格里拉饭店大宴会厅举行；当晚"我爱这绿色家园——植树节文艺晚会"在中国剧院的上演把整个活动推向了高潮。歌舞、联唱、人物模仿、独唱、诗朗诵、小品、音乐相声等节目精彩纷呈，许多著名歌手、主持人、演员，包括阎维文、蔡国庆、张也、李金斗、石富宽、瞿弦和、庞敏、蒋小涵等纷纷登台献艺。现场歌舞曼妙、掌声阵阵。

至此，"杉杉京城绿色之旅"系列活动落下帷幕。而各地分公司的后续联动启动了，上海、南京、杭州、苏州、青岛、合肥、武汉、南昌、西安等城市的分公司，同时推出"让大地披上绿装——万人签名活动"，尤以长沙最为出彩。杉杉的名字，杉杉的标志，再一次随着"人与环境，人与大地，人与树——让大地披上绿装"传播到千家万户，完美地塑造了杉杉报效社会的公益形象。

1996年12月，杉杉在一份报告里说：杉杉集团在中国服装行业中最早并成功地发起一场CI运动，实行企业形象工程的革命，它为企业再生找到了突破口，从而带动了企业市场营销管理和现代经营理念向更高层次发展。这一系列的公益活动以及对企业整体形象的塑造为杉杉集团在公众心目中树立了高层次的产品和形象。杉杉品牌的个性和企业精神，被凸显出来，为杉杉建设成国际化、现代化的大型产业集团创造了文化条件。

81

新人奖

关键词：人才与品牌、新人新秀、走向世界、时尚梦

让中国时尚走向世界，这是郑永刚的一个梦想。

而在推动时尚核心力量——设计师的成长方面，郑永刚的方法主要是大量聘请设计师、培育新人、提供创业基金。其前一阶段表现为招聘王新元、张肇达，后一阶段是赞助"新人奖"、多品牌战略下的设计师职位群供应、提供创业基金。

2002年8月，杉杉集团与中国服装设计师协会携手推出中国服装"人才与品牌工程"。杉杉集团宣布出资1000万元设立"青年服装设计师创业基金"，与中国服装设计师协会合作，共同主办一年一度的中国服装设计师"新人奖"评选活动。

以挖掘新人、发现新人、培养新人为目标的中国时装设计新人奖评比活动开始于1995年，一批又一批的优秀青年时装设计师从"新人奖"中走出来，成为中国服装设计行业的中坚力量。2002年杉杉集团决定与中国服装设计师协会合作，共同主办一年一度的中国时装设计"新人奖"评选活动。从2002年起"杉杉杯"中国时装设计新人奖在中国国际时装周上进行评比和发布，进一步扩大了"新人奖"的社会影响力。

每年的"新人奖"都吸引了来自全国各大高等院校推荐的优秀毕业生参加,但要得到"新人奖"的青睐必须通过次年春夏成衣流行趋势提案、次年春夏成衣流行趋势提案制作的成衣系列及现场命题立体裁剪三道技术难关。这充分考察了选手的专业基础和艺术修养及应变能力;同时"新人奖"也是对全国各大服装院校教育质量的一次考核。

中国时装设计"新人奖"的评选有别于其他时装设计大赛,它更注重对一个时装设计师综合素养的考核,参评选手是通过高等院校按毕业生人数的10% – 15%推荐的优秀毕业生代表,获奖选手所在院校将获得中国服装设计师协会颁发的"育人奖"。

作为选拔全国优秀服装设计大学毕业生的时装盛会,"杉杉杯"中国时装设计新人奖为应届毕业生们提供了一个充分展示自己才华的舞台,同时也是对中国服装设计专业高等教育水平的一次大检阅。一批又一批的优秀青年时装设计师从"新人奖"评比中脱颖而出,杉杉集团把一些设计新人送到国际大都市,到一些品牌工作室学习设计理念,还为一部分年轻设计师提供创业的基金,让其通过进入市场接近消费者创造出自己的品牌

和特色。这既是尊重人才,培育人才的做法,也是"杉杉"积累人才的重要步骤。同时,"杉杉"对于优秀的设计新秀具有优先挑选权。用郑永刚的话来说:"未来的中国,谁先拥有国际化的人才,谁就能主宰中国流行时尚的方向,谁就是龙头老大,所有的人都要跟着你来。"

郑永刚说,中国服装业已经进入了一个新时代,人们对时尚和品牌的要求越来越高,大工业时代已经渐渐划上了句号。品牌时代的到来开始提倡个性化消费,市场变革势必引起企业相应转变。企业作为国家的经济细胞,更应该注重人才培养。杉杉集团资助一年一度的"新人奖"活动,不论是对院校、协会还是企业,都是多赢的。设计师成功与否的关键在于能不能进入市场,能进入市场的设计师才是企业真正需要的人才!

"新人奖"十年,是时代赋予杉杉服装的一大历史机遇。今天,那些曾是新人,现已成为中国时尚核心力量的年轻设计师们深深感激杉杉,他们说:"杉杉,是中国这十年时尚的摇篮。"

82

新世纪，我能行

关键词：关爱下一代、1000 万捐赠

2007 年冬天，刚上大学的李晓刚参加了杉杉主办的"感恩的心"成人礼，那天，抱着妈妈，晓刚泪流满面。

七年过去了，晓刚说："我和杉杉真有缘分。"晓刚还记得六年级时在杉杉专卖店参加的"做一天营业员"体验活动。"新世纪，我能行"，18 岁的晓刚还记得，那天妈妈特地跑来给爸爸买了一套西服，那是晓刚平生卖出的第一件东西，真让他感到了"我能"。

2001 年 2 月 22 日，"全国少先队体验教育杉杉基金"在北京设立。"杉杉基金"由杉杉集团独家出资设立，全部用于少先队组织开展"新世纪，我能行"体验教育活动。"杉杉杯新世纪，我能行"体验教育活动是共青团中央、全国少工委为加强对少年儿童思想品德教育而在广大少年儿童中开展的一项教育活动，以"新世纪，我能行"为主题，通过开展符合少年儿童生理心理特点的家庭生活、学校生活、社会生活和大自然实践活动，帮助少年儿童寻找一个"岗位"，扮演一个角色，获得一种感受，明白一个道理，养成一种品质，学会一种本领，从而提高自己的整体素质。"新世纪，我能行"成为广大少年儿童自立自强、全面发展、时刻准备为开创祖国新世纪大业作贡献的响亮口号。

杉杉是在得知团中央和全国少工委组织开展"新世纪，我能行"活动这一消息后，决定出资设立"杉杉基金"，专门用于少先队开展体验教育活动的。

2 月 22 日，时任全国人大常委会副委员长的铁木尔·达瓦买提出席了新闻发布会。团中央书记处第一书记周强代表团中央、全国少工委授予郑永刚"星星火炬奖章"，这是少先队授予关心少年儿童成长、支持少先队工作的社会热心人士的最高荣誉。郑永刚是获此奖章的第一位企业家。

83

鄞州慈善总会发起人

关键词：100 万、创始会员

　　2000 年，新世纪来临，而鄞州地方经济也取得了长足发展，居民生活质量不断提高。但在区域内还存在不少因病、因祸等客观原因造成的贫困人群，失学、失医、缺少生活费用时有发生。为了弥补正常渠道资金的不足，县人大号召组织成立慈善会，杉杉企业积极响应，出资 100 万元人民币，成为创始会员。由于杉杉等几家企业的榜样作用，慈善会短时间内募集了 1000 多万慈善基金，是宁波市各县区中一次性募集最多的。

我们万众一心

——'98 长江水灾义捐

关键词：长江嫩江水灾、捐赠央视赈灾晚会、杉杉认捐 1000 万元

1998年夏，一场百年一遇的洪灾肆虐神州。

新华社北京8月12日电（记者索研）国家防汛抗旱总指挥部办公室今天发布的第24号汛情通报表明，受三峡地区降雨影响，长江上游形成第五次洪峰……12日12时，湖北沙市水位44.66米……石首至螺山、武汉至九江河段水位仍在历史最高水位上。

与此同时，受持续降雨和支流来水的共同影响，嫩江干流水位持续上涨，主要控制水文站水位均超过历史最高水位……12日12时，齐齐哈尔水文站水位涨至149.18米，大赉站水位涨至130.48米，相应流量9700立方米／秒。目前，水势仍在上涨。

长江千里之堤系一线，大庆千口油田陷泽国。

长江告急！嫩江告急！

风雨同舟

六次特大洪峰过后，受灾地区变成水乡泽国，灾情十分严重。尽管有那么多的人无家可归，但人民伸出亿万双援助之手，受灾群众的衣食住行、医疗卫生，无不倾注着党和人民的关怀和支持。一位84岁的老人把自己多年积蓄下来的3000多元钱全部捐献给灾情人民，他动情地说："我年轻的时候也讨过饭，但那是旧社会。我知道苦难，所以我要把这些钱捐给那些现在受灾的人，这是我的一点心意。"各界群众、海外侨胞，甚至少年儿童和残疾人都踊跃地捐款捐物，作为一个个有血有肉的中国人，他们用自己的行动和爱心，演绎了一幕幕动人的故事，感动着灾区的广大民众。

中华慈善总会捐赠处：8月12日上午11时，北京市广渠门中学07级宏志班刘芳、沙钥同学，将他们全班同学暑假打工挣下的5000元钱全部捐献给了灾区人民。13日上午10时，家住北京复兴路14号空军大院的67岁老人沈阳，在他人的搀扶下来到捐赠点，郑重地把1万元钱交给工作人员。谁知道她是一位在家卧病达6年之久的老人呢？当记者到她家采访时，看到的是极其简单、俭朴的情景，一个茶几是用碎木板拼成的，这1万元是老人多年省吃俭用、点滴积成的啊。

民政部救灾捐赠处，一幅"一方有难，八方支援，万众一心，战胜洪灾"的标语让

人热血沸腾。8月11日上午,从美国回京探亲的8岁小朋友饶立晨在妈妈陪同下前来捐款。

北京电视台赈灾捐赠处:14日早上7时,第一个认捐的是中国科学软件研究所退休人员张巨东,他拖着做完肠癌手术不久的病体,前来郑重捐出500元。一位打工者捐了100元:"我没有固定地址,也没有固定收入,但比起灾区人民的状况,比起解放军在抗洪一线的流血牺牲,我这点钱是微不足道的。"

湖南省武警总队的三名代表,带着1000名官兵的爱心,向灾区人民捐款11.5万元。一个多月来,他们奋战抗洪前线,用血肉之躯抗击洪魔,他们说:"作为子弟兵,我们抗洪冲在前,捐款也不能落后!"标枪名将张连标带着备战第13届亚运会的20名湘籍健儿的2万元捐款来到捐赠站。

远在太平洋的另一边,纽约市来美文化协会、美国上海交流协会、纽约中国和平统一促进会等20多个华人社团自发筹措赈济水灾灾民。

我们万众一心

"我们万众一心,就是雷霆万钧!哪怕山崩地裂,哪怕浪高水深!我们就有这种精神,雄心不倒,豪气长存!"

雄壮的歌声,磅礴的气势震撼人心。

8月16日,在抗洪救灾的关键时刻,中央电视台、中华慈善总会和中国红十字总会联合举办了"我们万众一心"大型赈灾义演晚会。向海内外现场直播的晚会长达3个多小时,现场群众情绪激昂,牵动了亿万观众的心。正在家观看晚会的杉杉集团总裁郑永刚内心久久不能平静,他指示分管企划的副总裁立即致电晚会现场,认捐价值1000余万元的物资。此时,电视台现场的几十部电话全部进入热线状态,在连续拨打了半个多小时后,杉杉认捐的电话终于打通了。当晚会主持人宣布杉杉集团认捐的消息后,郑永刚总裁和所有杉杉人兴奋而激动,比盈利千万元还要激动十倍。这是企业回报祖国、回报社会和回报人民的赤子之心。

在这台特殊的晚会上,一份份凝聚着全国人民和海外侨胞深情的捐款捐物把晚会推向一个个高潮,表达出中华儿女万众一心的力量。晚会上,海内外各界捐款捐物共计人民币6亿余元。

8月18日,国务院办公厅致函三单位,表彰他们主办的"我们万众一心"抗洪赈灾义演晚会,信中说:"国务院总理朱镕基主持召开的国务院办公会,对这台晚会的成功举办给予充分的肯定和高度赞扬,向为抗洪救灾作出贡献的各界人士表示亲切慰问和崇高敬意。"

水灾无情人有情。邓小平同志说,社会主义制度有集中力量办大事的优势。在洪灾面前,这个优势得到充分体现。

"杉杉号"列车

关键词：CI、BI、杉杉号、冠名

　　杉杉人的广告有很强的创意。杉杉企业在1995年完成CI（企业形象识别系统）导入后，不断推进这个系统工程。

　　CI系统包含三个方面，即MI、BI、VI。MI是企业的理念，是企业的想法，形象比喻为企业的"心"；BI是企业的行为，是企业的说法，形象比喻为企业的"手"；VI是企业的视觉识别标志，是别人对企业的看法，形象比喻为企业的"脸"。通常，很多企业把CI战略简单理解为VI，完成一本视觉识别系统就以为完成了CI工程，这真是大大地误解了。

　　CI工程在专业机构导入后，企业必须有自己很强的执行能力，才能持续、深入地发展。比如，BI系统即通过企业内外一系列有计划的活动达到丰富品牌、提升品牌、创造效益的目的。为此，在组织上必须有保证，必须要建立专门的部门来策划和执行。

　　1996年，杉杉对沪杭甬线的列车冠名，就是一个很精彩的BI案例。

　　1996年，沪杭甬铁路系统为提升列车品质，首开空调列车。这将吸引更多的乘客。杉杉认为，这是宣传杉杉品牌和企业形象的好机会，于是向铁路方面表示愿意出资全面装修列车环境，为旅客创造更舒适优美的乘坐环境。对方立即表示欢迎。

　　整体装修一新的列车被冠名为"杉杉号"。首开的"杉杉号"空调列车奔驰在沪杭甬线上，不仅使杉杉的名气越来越大，而且也使百姓获得了实在的享受。后来，人们倒把此趟的车次号忘了，而习惯叫"杉杉号"。

　　此举直接影响到宁波其他企业，罗蒙也在京包线上买得冠名权，称为"罗蒙号"。

86

杉杉火车头足球俱乐部

关键词：足球、火车头、杉杉足球俱乐部

　　1997年春节过后上班第一天，杉杉老总郑永刚走进他的副手王仁定的办公室："仁定，市政府已经决定在宁波引进一支职业足球队，并希望我们公司来组建一个足球俱乐部。我想这对宁波是件有意义的事，由你来组建这个俱乐部吧。"王仁定欣然领命。

　　90年代，中国足球职业联赛，即所谓的甲级联赛、乙级联赛，已经开展得如火如荼，足球俱乐部制、企业介入等成为热点。引进大型赛事，尤其是常年赛事对提升一个城市的体育文化生活水平有非常直接的积极作用。开始，宁波市没有可供职业球队竞赛和大量观众观赛的场馆，"没有金刚钻，岂敢揽瓷器活"，因此，宁波观众也只能通过电视机"隔山观虎斗"，而从未有在现场体验足球赛激情如潮的机会。

　　1996年，宁波城市建设史上第一个拥有三万余席位的体育馆兴建，这也是浙江省最大的体育场。而此时，关于足球赛事、企业投资足球俱乐部等讯息通过多种途径进入杉杉企业。企业介入足球事业有积极的社会效益，当然，这样的投资对杉杉来说完全是个陌生的领域，因此也存在一定的风险。但对于杉杉这样的名牌企业，理应担当相应的社会责任，而且，介入足球事业也对提升品牌影响力和美誉度有

利,不能纯粹从投资成败角度考量。鉴于此,杉杉组建一个小组,对全国足球的运作进行了必要的市场调研。副总裁王仁定在北京拜访时任中国足协专职副主席王俊生,王俊生认为,企业介入足球事业对中国足球的发展无疑是好事,但如果光从投资回报考虑肯定存在风险,风险还很高。而且,过度的商业运作,对整体水平还不高,球员短缺的初级阶段的中国足球及足球市场带来许多负面影响。王俊生希望杉杉方面冷静思考。

调研结束后,下一季的甲级联赛日程已定,全国十二支甲级队和大多数乙级队的主场已经尘埃落定。尚未确定主场的后来只剩下铁道部所属的火车头足球队。杉杉与之初步接触后,感到火车头队还算是一支不错的球队,尽管受体制、机制和资金的制约,处于低谷阶段,但尚有上升的潜力。因此表示出一定的兴趣。

调研结束,春节假期来临了。而此刻的火车头队因主场尚未落实,对杉杉的介入抱着极大的希望。他们通过各种途径向宁波市政府有关机构表达到宁波落户主场的迫切意愿。此时,宁波市三万人体育场竣工在即,市政府主要领导人认为引进火车头队对发展宁波市体育事业将会是一个契机,并在了解到杉杉对足球调研的信息后,希望杉杉能担纲组建俱乐部。杉杉管理层经过综合评估后,决定斥资创办杉杉足球俱乐部,组建"杉杉火车头足球队"。

宁波的媒体和广大市民,尤其是体育界获知此讯,欣喜若狂。

首场开赛,宁波体育场三万多张门票销售一空,商贩也趁机赚了一把,在球场上兜售的小喇叭、小彩旗、望远镜被抢购一空。市政府官员、体委负责人、杉杉高管和火车头方面出席首赛并举行了隆重的开赛仪式,盛况空前。当球员起踢第一脚,黑白相间的足球在碧绿的草地上滚动的那一瞬间,全场沸腾了。那是球迷的渴望达成后的癫狂,那是观众对足球落户宁波的自豪和满足。以前只在电视里看到的意大利甲级联赛、英国超级联赛、西班牙联赛、世界杯、欧洲杯上人潮如沸,欢呼声排山倒海的场景在宁波出现了。多么令人兴奋!看足球必须在现场,那才是过瘾啊!

整整一年,"杉杉火车头足球队"八个字频频出现于宁波报端和电视屏幕。杉杉敢为天下先、敢于担当的行为广受好评。

87

温暖中国

关键词：爱心、全国性捐赠、温暖

2006 年 12 月 23 日下午，家住廊坊市化肥厂宿舍、双目失明的贫困市民薛志连迎来了几位特殊的客人：杉杉集团董事长郑永刚一行人来到他家，送来了几件崭新的"杉杉"牌棉衣。

数九寒天，廊坊却涌动着一股春天般的暖流。这一天，杉杉集团"温暖中国杉杉行"大型捐赠活动在廊坊启动。总价值 800 万元的 15000 件棉衣为河北送来温暖，其中价值 500 万元的服装捐赠给廊坊城镇低保户、城乡困难群众和灾贫户。河北省委常委、常务副省长付志方，全国工商联副主席谢伯阳，廊坊市委书记王增力、市长王爱民，杉杉投资控股董事局主席、杉杉集团董事长郑永刚等出席捐赠仪式，并现场向受助对象发放棉衣。

本次活动，杉杉集团计划向全国捐赠总价值 6000 万元的 10 万件棉衣，并选择河北作为首个受赠省份，在廊坊举行启动仪式。捐赠仪式上，杉杉投资控股董事局主席、杉杉集团董事长郑永刚将 800 万元的支票样板交到省民政厅副厅长程洪飞手中，程洪飞向郑永刚颁发了捐赠证书和牌匾。央视著名节目主持人王小丫代表杉杉集团宣读了爱心宣言。

这是一个温暖的冬日，这是一个和谐的冬天。

党的十六届六中全会提出民营企业是构建和谐社会的重要力量。这是令人兴奋的新提法。以杉杉集团作代表的中国民营企业，是社会的细胞，创建和谐社会是构建和谐社会的必然要求，也是企业不断发展壮大的内在要求。杉杉应该站在时代的最前列，顺应历史的潮流，在建设和谐社会的伟大历史进程中争做生力军。

于是杉杉以"温暖中国杉杉行"大型捐赠活动为契机，决定完成持续性捐赠，并在全企业大力弘扬"正直、创新、奉献、负责任"的企业精神，进一步增强社会责任感，在加快自身发展的同时，积极参与社会公益事业，奉献社会，报效祖国，服务人民，让财富惠泽社会。

发展是和谐的基础，和谐是发展的保障，向社会奉献爱心，责无旁贷、义不容辞。郑永刚在捐赠仪式上表示，杉杉将坚持科学发展，勇担社会责任，确保基业常青，持久发展，为构建社会主义和谐社会作出新的更大贡献。

付志方代表河北省政府向杉杉集团表示诚挚感谢。他说："杉杉集团是中国服装界的领军企业，在发展上取得突出业绩的同时，积极参与社会公益事业，致力于成为优秀的企业公民。这次'温暖中国杉杉行'大型捐赠活动，充分体现了杉杉关注民生、乐善好施、服务人民、奉献社会的博爱胸怀和替政府分忧、为群众解难的社会责任感，一定会得到社会各界的积极响应。我们将把杉杉集团捐助款项及时送到困难群众的手中。构建和谐社会需要各级政府和社会各界更多地关注困难群体。希望更多的企业、单位和个人践行社会主义荣辱观，发扬"扶贫济困、助人为乐"的传统美德，为困难群众送

去更多的温暖和关爱。"

谢伯阳代表全国工商联向河北省、廊坊市和杉杉集团致以衷心感谢，向受助代表表示诚挚问候。他说："杉杉集团在为社会奉献美丽与时尚的同时，积极投身光彩事业，自觉承担社会责任，为中国民营企业树立了良好榜样。我们高兴地看到，以杉杉为代表的一大批民营企业在快速崛起的同时，积极参与社会公益和慈善事业，这是中国民营经济和民营企业家走向成熟的标志。"他祝愿中国民营经济不断发展壮大。

王增力在欢迎辞中说，这次活动是杉杉集团为困难群众献爱心的一个具体行动，活动选择在廊坊启动也是廊坊的光荣和骄傲。廊坊市委、市政府将全力支持杉杉的发展，以"实力廊坊、效率廊坊、和谐廊坊"为企业创造良好发展环境。

郑永刚在致辞中表示："民营企业是建设和谐社会的重要力量，作为著名服装企业，向困难群众送温暖、献爱心是我们义不容辞的责任，我们深知，800万元的棉衣并不能'大庇天下寒士俱欢颜'，但重要的是希望以这次行动唤起更多民营企业和全社会对公益事业的关注和对弱势群体的关爱。同时，我们也深感加快发展的责任，要不断发展壮大，增加投资、利税和就业岗位。杉杉将坚持做强做大的战略目标，以自身的强大为社会创造更多共享的财富。"

汶川地震捐款

关键词：抗震救灾、第一时间捐赠

2008年5月12日，四川汶川地震，造成人民生命财产的巨大损失。在这举国哀痛的时刻，灾区人民的安危牵动着全体杉杉人的心。消息传来，杉杉企业迅速动员，积极向地震灾区捐款捐物。杉杉集团董事长郑永刚立即指示下属杉杉服装公司捐助总价值600万元的服装，通过中国扶贫基金会紧急送往灾区。同时，杉杉集团追加200万元现金捐给灾区用于救灾工作。

与此同时，杉杉集团还向全国500多家加盟商、分公司以及企业员工发出了"汇聚温暖力量，共度震灾难关"倡议书。倡议书得到了热烈的响应。至5月22日，杉杉各分公司、加盟商及企业员工共捐款捐物700万元。

据统计，杉杉企业各集团、公司、加盟商及员工向灾区捐献钱物合计达到1500万元。

杉杉投资控股公司与上海证大投资集团、上海文广新闻传媒集团、上海复地集团、中国人民大学上海校友会联名出资6000万元，在四川什邡市援建上海什邡慈善学校。这个项目将在2008年10月启动，2009年8月前建成。

2008年7月，郑永刚率领上海新沪商联谊会企业家代表团赴四川，与省政府达成框架协议，四川将承载部分东部企业产业梯度转移项目，以产业更新真正实现灾后重建。

88

胡润中国慈善榜

关键词：慈善、责任、公益事业、报国情怀

胡润用标准的中国话说过这样一句话："我和郑老板私交很好，但没法说动他进入我们的富豪榜。"

也许是这份交情的作用，杉杉还是上了两次胡润的榜单：一次是中国民营品牌榜，杉杉位列第6位；一次是胡润慈善榜，杉杉位列第37位。

胡润慈善榜2006年50 家上榜企业和基金共捐赠 41 亿元人民币，平均每家8000万元。

事实上，杉杉的公益情怀由来已久，创业19年，杉杉累计向社会捐赠超过2亿元。这并不为公众所知。在2007年一次性拿出2000万创立一项慈善基金后，郑永刚对主办方说："我唯一的要求是不作任何报道。"胡润慈善榜的推出，让更多人看到了杉杉的义举。以下是一段记者采访实录。

记者：杉杉集团能在 2006 年胡润中国慈善榜上排名第37位，这非常难得，请问您对此如何看待？

郑永刚：企业为什么能做好？除了企业自己不断创新，有自己的内涵文化、管理手段，有自己的核心品牌这些必需的条件以外，还得有关爱社会的爱心。支持公益事业有助于得到大众的认同，品牌需要公众认同才能占据市场。

企业需要在发展过程中累积无形资产，需要好的社会影响。靠依法纳税这并不够，还需要关爱社会，要有一颗感恩的心。杉杉本来是大型国有企业，1990年改制后成为民营企业，现在是中国的500强大企业。在关爱社会方面，不说世界上，就是国内，比我们做得大、做得好的企业也比比皆是。爱心其实是企业文化的一方面，我们回报社会的行为无需宣传，因为这本是份内的事。

杉杉集团多年合计下来，在公益事业方面共捐资了2个亿，包括2000万的失学儿童基金、捐资长江洪灾2000万、帮助建立希望小学20多所等等。最近，杉杉集团"温暖中国杉杉行"大型捐赠活动在廊坊启动，总价值800万元的棉衣发放到河北省各地贫困户家中。在全国范围内，杉杉集团还将捐赠价值6000万元的10万件棉衣等服装。

杉杉集团现在有下属82个企业，分布在全国各地，各个企业分别在不同领域、不同地区做各自的慈善公益事业。包括刚刚开业的郑州天伦环保科技有限公司。

记者：为何杉杉集团在慈善领域更多倾向于捐助教育？

郑永刚：大家都深有体会，教育是一个国家的根本。十多亿人口需要提高素质，教育是前提。一个国家要富强起来，单靠现在这种改革开放还不足够，真正要形成可持续性的发展还是需要人才，人才是从良好的教育中培育出来的。在关爱社会方面，政府、全社会都在关心贫困地区和贫困人口，而教育在众多需要关爱的领域当中尤其重要。企业同样需要人才，人才得从根本抓起，最终许多事必须得靠人才的智慧去解决。海外华人基金的慈善捐赠方向也以教育为主，大家都认为教育是改变一个人乃至一个民族的最佳方法。

我们这代是被耽误的。为什么贫困？就是因为没有机会接受到适当的教育。发展教育事业任重道远，我们捐助那么多希望小学，设立贫困儿童助学基金，就是希望能从中培养出有用的人才，将来才有可能改变贫穷落后的面貌。

记者：您现在已拥有充足的个人资产，听说您全家还居住在一套旧别墅里？

郑永刚：这是个人财富观的问题。我本出身平民，无特别之处，只是时代给了我机会。没有改革开放，没有这28年，我不可能有今天的财富。必须要心态平和地对待财富、对待社会，一定要感恩。再则，我的生活方式从没改变过，早年没赶上恢复高考而去了部队参军，在部队当了干部，之后做了国有企业的厂长、党委书记，国有企业改制以后成了民营企业的老板，才一步一步积累了财富。每个人的想法都是不同的，一个人所受教育、他的生活方式、他所追求的自身价值，以及能否抓住社会发展的机遇都是不一样的，也就是财富观的问题。

我做国营企业厂长时工资是49.2元，当党委书记时工资是120元。到国有企业改制后的1996年，已是宁波最大的企业家，同时也是宁波商会会长。当年因病卧床休息在家，那时我还住在建筑面积78平米的拆迁住房里，那房子我住了11年。宁波市长来看望我，他上了三楼门口又下去，他不敢相信这是我的住房。其实我自己没啥感觉，天天工作回家，有吃有住，从来没有与人攀比的想法，没想过自己挣了钱就应该如何享受。到现在仍旧如此，从来没改变过这种想法。灯红酒绿绝不是大企业家必需的行为。

我跟邵逸夫在香港吃饭，餐后邵逸夫把剩菜打包，如果饭店离家近，他就自己走回去。我认为，这是种健康的生活方式。我经常到外地去出差，我只带个包，有人接送就可以。我也经常下了飞机自己打个的士，到市内随便逛逛，买点东西。吃什么、住哪里并不重要。人生犹如上山，我到过山顶看过风景，心态也就非常平静了。

采访将要结束时，郑永刚坦言，人是离不开社会的，取之于社会的财富将来还是会回归社会。将来到年纪大的一天，他不再经营企业的时候，希望能在海边建造一所老年大学以及一所设施条件齐全的养老院。中国如今已进入了老龄社会，相对于受到太多关注的孩子来说，老人们将来的生活需要进一步改善。这是郑永刚对今后的一个设想。

90

《南方周末》
企业社会责任榜

关键词：公信力、新闻的力量、社会责任

　　成名多年，郑永刚拒绝了绝大多数富豪榜的参评，甚至启动了律师程序。

　　但有一个榜，老郑没有拒绝。

　　"《南方周末》中国（内地）创富榜"——老郑一直认为《南方周末》是中国最具公信力的大报，每周看《南方周末》，是他必备的功课，因为他相信"在这里，读懂中国"。2002年北京申办奥运投票之夜，郑永刚曾在该报做了整版广告："今晚别找我。"

　　从"创阳光财富，建和谐社会"到"为商有道，兼济天下"，从"与中国的进步同行"到"全球视野、中国立场"，每一句豪言都体现《南方周末》人所追求的理想，每一次改变都彰显"《南方周末》中国（内地）创富榜"和"世界500强在华贡献榜"的社会责任。"《南方周末》中国（内地）创富榜"是根据国家权威部门提供的数据，结合实地调研，采用内容分析法，从企业 "经营状况"、"社会贡献"、"社会责任"、"公众形象" 四大维度评估企业，强调"非财富、非投资"的价值理念，以新闻的视角来审视企业价值，以新闻的力量来推动企业走向和谐。

　　"《南方周末》中国（内地）创富榜"评选活动，一直秉承著名社会人类学家费孝通老先生为首届创富榜所题的"开新风气"的追求，以扎实的社会调查为基础，坚持不断创新。2007年创富榜最大变化是评选对象的调整。往届按个人财富多寡筛选调研企业，随着每年个人财富门槛的提高，许多阳光型民营企业都未能进入榜单。虽然，目前中国经济高增长，个人财富也爆炸式地增长，中国首富一年换一个，年年有新颜，但作为负责任的媒体，更关注的是中国经济和企业的可持续性发展，关注基业常青的民营企业。

　　2007 年，杉杉位列"《南方周末》中国（内地）创富榜"第 22 位、"民营企业社会责任榜"第 7 位。

泰山宣言

关键词：民族品牌、民族精神

2008 年 4 月 6 日，泰山脚下，由杉杉集团主办的中国民族品牌论道会在这里成功举行。中华工商联副主席孙晓华、品牌中国联盟秘书长王永、杉杉投资控股董事局主席郑永刚、研祥集团董事长陈志列和吉利汽车董事长李书福等中国民族品牌企业的领袖，一起举行了中国民族品牌跨越巅峰宣言仪式。在泰山极顶大观峰，他们共同发表了"民族品牌跨越巅峰"的《泰山宣言》。

6 日上午，郑永刚等企业家代表在泰安影剧院潜心论道，对中国民族品牌的现状、发展之路以及未来方向进行了深入的探讨，企业家们结合本企业品牌发展的历程互相交流了心得体会。与会企业家认为，中国的日益强大为民族品牌的发展提供了良好的政治经济环境，全球化使中国品牌面临与世界品牌同台竞技的机会和挑战。中国民族品牌企业要团结起来、奋发图强，打造属于中国人的世界品牌。只有不断壮大民族品牌，并发展成为真正的世界品牌，才能使中国经济真正强而有力。

郑永刚说，中国的民族品牌在产品品质上确实达到了世界品牌水准。我们的设备是世界上最好的，我们的工艺水准是国际上顶尖的，我们的技术跟法国、意大利同步。但是，我们没有顶尖的世界品牌。

郑永刚认为，品牌应该是传统和文化的积淀；此外，品牌还应该有独特稳定的个性，但是目前的情况是，"将中国十大名牌服装摘掉牌子挂在一起，你很难一眼分辨出哪件是哪个品

91

牌"。李书福对此补充道，品牌的形成需要时间，比如德国、美国的汽车工业，已经有上百年的历史，丰田也有60年的历史了。

对于"中国品牌能否成为世界品牌"这个问题，郑永刚发表了自己的看法。他说，将来中国一定会有自己的世界品牌，但是中国的世界品牌一定是"大众品牌"，而不是"奢侈品牌"。

郑永刚分析说，一个国家民族品牌的发展跟这个国家的经济实力是"同命脉"的。现在中国经济总量世界排名第四，经济总量不小，但是中国还不是世界公认的经济强国。另外，判断一个国家是不是经济强国，还要看它是以引领国际经济潮流为主，还是以跟随为主。当中国处于世界经济的主流时，中国的世界品牌也就应运而生了。

论道会上，三位企业家分别用一句话概括了自己心目中的世界品牌。郑永刚说"品牌就是努力"；陈志列说"品牌是敢当"，敢作敢当；李书福说"品牌是企业生命体中的活体，有血，有肉，有灵魂"。

论道会后，著名学者于丹教授作了题为"儒家文化与商业的精神"的报告，对儒家文化中努力进取的入世精神和伦理观念对中国商业精神的影响作了深入浅出的论述，赞扬了民族品牌企业家所体现的敬业进取、努力攀登的精神。

6日下午，在泰山极顶大观峰，企业家们与奥运冠军高敏、楼云等一起举行了中国民族品牌跨越巅峰宣言仪式。郑永刚代表中国民族品牌企业宣读了《泰山宣言》，在宣言中郑永刚说，泰山是中华民族的精神家园，民族品牌重如泰山。民族品牌不仅代表着国家产业的高端水平，更代表着国家的国际形象，作为民族品牌企业家来说，推广并壮大我们的民族品牌是义不容辞的事情。企业家们发出了"为中华民族品牌的崛起不懈追求、不懈奋斗"的号召，希望所有的民族品牌企业奋发图强，殚精竭虑，为实现国人的强国之梦作出应有的贡献。

宣言仪式受到社会广泛关注，中央电视台、《人民日报》、《光明日报》、《经济日报》、《中国服饰报》、《齐鲁晚报》等全国二十多家主流媒体进行了深入报导。这个活动还引发了网上关于民族品牌的大讨论，报道转载达十万余条。

中国民族品牌巅峰跨越
泰山宣言

泰山是五岳之尊，是中华民族的精神家园。

民族品牌重如泰山，是民族经济的脊梁，是民族自信的象征，承载全球华人的光荣与梦想。

今天，我们代表中国民族品牌朝圣泰山，登临岱顶，登高而呼，登高而问，向世界发布我们的宣言。

国运昌，品牌昌，改革开放30年，我们有幸见证中国崛起于世界东方，重归汉唐气象，有幸伴随民族品牌共同成长，我们相信中国是最大的品牌，民族品牌的崛起与国家复兴紧密相联。

我们坚信，正直诚信是民族品牌的旗帜。品牌不仅是一种商标或标志，更是一种文化，一种纪律，一种公开承诺，没有信誉的品牌不能走出国门。

我们坚信，扎根中国是民族品牌的根基。民族品牌是中国品牌的最高层次，拥有世界近三分之一人口的中国，是全球最为庞大的单一市场，是民族品牌的孵化器。

我们坚信，自主创新是民族品牌的灵魂。技术创新、设计创新、文化创新是民族品牌必须逾越的高峰，从中国制造走向中国创造是民族品牌跨越巅峰的关键。

我们坚信，持续发展是民族品牌的核心。民族品牌需要的不是短暂的欢呼，而是长期战略性的成功，民族品牌的培育需要过程，持续经营的品牌才能走向世界。

我们坚信，和谐共荣是民族品牌的胸怀。品牌无国界，我们需要政府和民众的呵护，但坚决摒弃狭隘民族主义。我们深信，民族品牌是人类的共同财富。

民族的，才是世界的！壮美泰山将见证我们的奋斗历程。让我们心怀梦想，自强不息，与时代共舞，与世界共舞，为中华民族品牌的崛起不懈追求、不懈奋斗！

从 catalog 到 history

这本书的出现充满偶然。

2007 年春天，杉杉企业总部酝酿编写一本反映杉杉全貌的新样本。对于一个集团型企业来说，每隔一段时间出一本样本是惯例，也是中外企业通行的宣传手段。尽管已经进入网络化时代，但一本印刷精美、图文并茂、分量厚重的样本仍然是一个企业的门面，以至于形成一种"样本崇拜"，常常会发现，一个展会走下来，除了一大堆形形色色的样本，别无他获。夸张点说，拎着它们的除了设计专业的学生，就是门外的清洁工人了。

而这样一个样本，时髦的说法叫catalog，无论是世界级设计所谓的"低调的奢华"，还是乡镇级设计的"土财主"、暴发户，千企一面，更多地象征着这个时代的浮华和中国企业的浮躁。我们无法考证，大大小小的中国企业，每年花在catalog上的费用有多少，又有多少其实沉淀在仓库、书橱，甚至废纸堆中。

除了catalog，企业还能做什么？分管杉杉企业文化建设的副总裁王仁定先生曾多年从事出版工作，敏锐意识到应该独辟蹊径，做不同的东西。伴随国家的改革开放，杉杉发展已经19年了，19年的积累与沉淀，相对于平均寿命只有5年的中国民营企业来说，可谓饱经沧桑。因此，对杉杉的呈现，不应再是平面的堆积，而应该回到原点，探寻历史的纵深处，寻找这个企业成长的基因。

有了这个想法，如何用讲故事的方式呈现历史，如何用小故事串联历史与现状，如何便利阅读，则成为技术层面的操作。很快，一群亲历和熟知杉杉成长历程的人们坐在了一起，追寻杉杉 19 年跋涉的足迹。最终确定以条目式体例，对杉杉 19 年来历程中各个重要节点、事件、人物、品牌、产业等各类成果整理出数十组条目，每组条目约 500 至 1000 字，以故事叙述方式呈现。要求撰写采用文学创作手法，生动有趣，故事性强，可读性强。初定的书名是《年轮》，记述一棵杉树成长的渴望；成稿后为直白简单起见，定为《杉杉关键词——91 个关键时刻的 91 个故事》。

经过将近一年的努力，创作班子完成了书稿的写作，周时奋、王仁定、汪建明、曹阳、钱程、殷鹏等参与了条目的撰写，杨大勇、朱佳元收集了大量的配图。

感谢厉以宁教授为本书作序，感谢六大财经媒体的总编辑，他们在阅读了书稿后，欣然捉笔，写下了热情洋溢的推荐语。严格地说，这还不是一本企业史，而只是一个企业的一些历史的片断。但我们相信，作为企业史写作的一种探索，就像杉杉在中国企业界所作出的大量探索一样，它会留下思考，会成为这个时代的一部分。

图书在版编目（CIP）数据

杉杉关键词：91个关键时刻的91个故事／周时奋，曹阳
著.—上海：华东师范大学出版社，2008
　ISBN 978-7-5617-6185-4

Ⅰ.杉…　Ⅱ.①周…②曹…　Ⅲ.服装工业－工业企业管理
－经验－宁波市　Ⅳ.F426.86

中国版本图书馆CIP数据核字（2008）第099462号

杉杉关键词
　　——91个关键时刻的91个故事

周时奋　曹　阳　著

项目编辑　　陈锦文
文字编辑　　陈锦文
执行编辑　　沈　涵
装帧设计　　沈思繁　高燕芳

出版发行　　华东师范大学出版社
社　　址　　上海市中山北路3663号　邮编 200062
电话总机　　021-62450163 转各部门　行政传真 021-62572105
客服电话　　021-62865537（兼传真）
门市（邮购)电话　021-62869887
门市地址　　上海市中山北路3663号华东师范大学校内先锋路口
网　　址　　www.ecnpress.com.cn
印　　刷　　上海主人印刷厂
开　　本　　787x1092mm　16 开
印　　张　　17
字　　数　　230千字
版　　次　　2008年10月第一版
印　　次　　2008年10月第一次
印　　数　　1-14500 册
书　　号　　978-7-5617-6185-4/Ⅰ·451
定　　价　　48.00 元

出 版 人　　朱杰人